ベリーズ文庫

追放された恥さらし王女が闇落ち中の悪魔騎士（実は最強王太子）をうっかり救ったら

～奇跡の加護持ちだったうえ、妃として溺愛されてます～

朧月あき

STARTS
スターツ出版株式会社

目次

追放された恥さらし王女が闇落ち中の悪魔騎士（実は最強王太子）をうっかり救ったら～奇跡の加護持ちだったうえ、妃として溺愛されてます～

恥さらし王女
ティア
精霊の国・マクレド王国の
王女なのに“精霊なし”で
生まれたため、蔑まれて生きてきた。
しっかり者で頑張り屋。
虐げられてきた過去のせいで
自分に自信がない。
悪魔騎士
ドラーク
戦場での戦いぶりが恐ろしく、
腫れ物扱いされてきた。
昔かけられた黒魔術のせいで
闇落ちしているが、本来は
ものすごく優しい。
実は魔法大国ガイラーン王国の
王太子。
ティアの愛犬
コロ
コロンとした黒い毛玉のような
モフモフ犬。大好物は高級干し肉。
ティアが山の中で拾ったことを
きっかけに愛犬になったが、
その正体は…？

追放された恥さらし王女が闇落ち中の悪魔騎士（実は最強王太子）をうっかり救ったら

奇跡の加護持ちだったうえ、
妃として溺愛されてます

Characters

ティアの元婚約者
アベル

マクレド王国の騎士団長。
婚約した当時は優しかったのに、
地位が上がると次第にティアを
罵るように。ティアと婚約破棄後、
妹のユリアンヌと婚約。

ティアの双子の妹
ユリアンヌ

強力な風の精霊の加護を受けている。
マクレド王国に太陽をもたらした
“奇跡の王女”。普段猫を
被っているが、ティアの前では
性悪な本性を出す。

ガイラーン王国の王子
ダニエル

8歳年下のドラークの弟。
誠実さと優しさに溢れる心優しき青年。
兄のことを尊敬しており、
次期後継者はドラークしか
いないと考えている。

Keywords

マクレド王国

大陸の北に位置しており、
精霊の加護によって成り立っている小国。
貴族女性であれば生まれながらに
精霊がついている。
7つある精霊の種類のうち、
月と太陽の精霊使いは非常にまれで、
何百年もの間現れていない。

ガイラーン王国

国民の8割が魔導士である魔法大国。
特に高位貴族の魔力は桁外れ。
多くの精霊は魔法を苦手と
しているため、マクレド王国の人々は
魔導士を恐れている。他国から
一目置かれていたが、
近年雨続きで国力は衰えている。

追放された恥さらし王女が
闇落ち中の悪魔騎士（実は最強王太子）を
うっかり救ったら

～奇跡の加護持ちだったうえ、妃として溺愛されてます～

第一章　捨てられた恥さらし王女

「ティア、すまない。君とは結婚できなくなった」

酒の入ったグラスを手にして張り切っていたティアは、恋人のアベルのそのひと言で固まった。

背中までの緩くウェーブしたピンク色の髪に、緑色の瞳。アベルをもてなそうと懸命に磨いたグラスに、二十歳になったばかりのティアの間抜け面が映っている。テーブルの上では、なけなしのお金で彼のために作ったローストポークが、虚しく湯気を上げていた。

「今日、騎士団長昇進の祝賀会があったんだ。宴席のあと、陛下から直々にユリアンヌ殿下との婚約を命じられた。王命なら、断るわけにはいかないだろ？」

薄茶色の髪に、琥珀色《こはくいろ》の瞳。ティアより三歳年上のアベルは騎士団で一、二を争う美男と謳《うた》われる顔で、悪びれた様子もなくそんなことを打ち明ける。彼には、目の前にいる恋人への罪悪感などまったくないのだろう。

「……そう。分かったわ」

　ティアは、テーブルの上にそっとグラスを置いた。

〝恥さらし王女〟のティアと〝奇跡の王女〟のユリアンヌなら、誰だってユリアンヌを選ぶことくらい、ティアにも分かっている。

「いいのか？　強欲な君なら、しぶとく俺と結婚したがると思っていたのに。なんにせよ助かったよ」

　アベルが、安心したように言った。

　近頃アベルは、ティアのことを強欲と罵るようになった。どうしてそんなことを言うようになったのか分からないが、今はもう否定する気すら起こらない。そもそもティアを軽蔑しているアベルは、何を言っても耳を傾けてくれないだろう。

「ところでこれは何？　コロの餌？」

　アベルが、テーブルの上のローストポークを見て怪訝《けげん》そうに言った。

　コロは、黒い毛玉のような見かけの、ティアの愛犬だ。片手で抱けるほどの大きさで、モフモフしていて愛らしい。

　ティアはカアッと顔を赤くした。

「それは、その……」

　安物の肉は見るからにパサついているし、付け合わせの野菜の彩りも悪い。城で豪華な食事をしてきたばかりのアベルには、嫌みでもなんでもなく、本当に犬の餌のように見えるのだろう。

(そもそも、食事をしてくると教えてくれていたなら、用意なんかしなかったのに)

返事に詰まっていると、足元から「モウンッ!」という犬の鳴き声がした。

アベルを非難するように、コロが「グルルル……」と唸り声を上げている。アベルが眉をひそめた。

「なんだよ、相変わらずかわいげのない犬だな」

コロはプイッとアベルからそっぽを向くと、テーブルの上に乗り上げ、ローストポークをもしゃもしゃと食べ始める。アベルが楽しげな笑みを浮かべた。

「ははっ! コロが美味《おい》しそうに食べてるじゃないか、よかったな!」

この料理はコロの餌ではなく、騎士団長に昇格したアベルのために作ったお祝い料理だ。だから本当はこんなことをするコロを叱らないといけないのに、ティアは何も言えなかった。

むしろ、この状況にホッとしてさえいる。コロが食べてくれたおかげで、一生懸命作ったご馳走が無駄にならなかったから。

「じゃあティア、元気でな。あ、そうだ。君はやたらとそのブサイク犬を連れ回したがるけど、くれぐれも結婚式には連れてくるなよ」

そう言い残すと、アベルは家を出ていった。パタンと粗末なドアが閉まるなり、ティアの体から力が抜けていく。

「モウン……」

コロがテーブルから飛び下り、ティアの膝の上に乗ってくる。ぺろぺろと頬を舐《な》めてくるコロを抱きしめながら、ティアは最近のアベルの様子を思い出していた。

――ティアとユリアンヌ殿下は双子の姉妹だというのに、まったく違うんだな。ユリアンヌ殿下はまるで女神のように美しいのに、ティアはとてもじゃないけど王女には見えないよ。

――そんな格好で出かけるのか？ 仮にもあの美しいユリアンヌ殿下の姉なんだから、もっと着飾れよ。王族として恥ずかしくないのか。

輝く金色の髪にアクアマリンのように輝く青い瞳を持つユリアンヌは、〝奇跡の王女〟と呼ばれて皆に愛され、城できらびやかな生活を送っている。

一方のティアは〝恥さらし王女〟と呼ばれて十年前に城を追い出され、それ以来市井で庶民さながらの暮らしをしていた。

アベルの目には、ユリアンヌは宝石のように、ティアはゴミのように見えるのだろう。顔はそっくりなのに、これほど中身も境遇も違う双子も珍しい。

とはいえ、仮にもティアはこの国の王女であり、月々の支給金はそれなりにあった。だが、そのほとんどを孤児院に寄付している。〝恥さらし王女〟の彼女が民のためにできるのは、それくらいしかないと考えているからだ。そのため暮らしはいつもギリギリだった。

アベルは口を開けばユリアンヌを立て、ティアをけなした。

ずっとそんな調子だったから、彼の気持ちがユリアンヌに傾いているのには、とっくに気づいていた。

だがまさか、子爵家の三男にすぎないアベルが、ユリアンヌの婚約者に選ばれるとは思ってもいなかった。

この国の貴公子は、こぞってユリアンヌと結婚したがっていた。ユリアンヌは国一番の美女なうえに、国の宝である彼女と結婚すれば、一生贅沢ができるからだ。

だがユリアンヌは、どんな良縁も断り続けた。

子供の頃の初恋を忘れられなかったからである。

相手は、国民の八割が魔導士である魔法大国ガイラーン王国の王太子だ。これほど多くの魔導士がいる国は珍しく、他国から一目置かれていた。

太陽のように輝かしい金の髪と金の瞳を持つ、美しく聡明な少年。

ユリアンヌは、自国の城で開かれた舞踏会でそんなガイラーン王太子にひと目惚れして以降、一途に想っていた。

ところが戦で輝かしい戦績を残したアベルと戦勝記念式典で出会ったとき、ひと目で彼を気に入り、それ以来催し事の際は恋人のように連れ歩くようになった。

ガイラーン王太子のことは、もうあきらめたようだ。

お似合いの美男美女カップルの噂は、催し事には絶対に呼ばれないティアの耳にすら入るほど、巷《ちまた》で話題になっていた。

父王としても、強力な精霊の加護を受けた大事な娘が異国に嫁ぐ危機を免れ、喜んだに違いない。

ここ数年、ガイラーン王国は降り続く雨の影響で国力が衰え、諸外国の進軍の危機にさらされているというからなおさらだ。しかもマクレド王国との間には距離があり、嫁いだら最後、簡単に会うこともできない。

そのため下級貴族とはいえ、騎士団長という栄誉ある地位に上りつめたアベルに、前のめりでユリアンヌとの結婚を打診したのだろう。

この世界には、まれに独特の特色を持つ国があった。大陸の北に位置するマクレド王国は、精霊の加護によって成り立っている小国だ。

ティア・ルミーユ・マクレドは、ここマクレド王国の王女として生まれた。

マクレド王国を建国したのは、精霊の女神デルフィオーネである。マクレド王国の貴族は皆デルフィオーネの子孫で、貴族女性であれば生まれながらにして精霊がついていた。

マクレド王国の自然界には、火・水・風・土・花・月・太陽の七種の精霊がいる。精霊の加護を受けその力を行使する者は、〝精霊使い〟と呼ばれた。月と太陽の精霊使いは非常にまれで、何百年もの間現れていない。

例外もあるが、多くの精霊は姿形を持たない。加護を受けた精霊使いだけが、その存在を感じることができる。

精霊は精霊使いの頼みを聞いて手助けしたり、気まぐれに力を発揮したりする。

ところが、ごくたまに精霊の加護を受けていない貴族女性が生まれることがあった。そんな女性は〝精霊なし〟と呼ばれ、女神から見放された存在として、軽蔑されながら一生を過ごさねばならない。

ティアはマクレド王国の王女でありながら〝精霊なし〟として生まれ、父である国王はひどく嘆いた。王族に〝精霊なし〟が生まれた事例は、これまでなかったからだ。

一方で双子の妹のユリアンヌには、強力な風の精霊がついていた。

マクレド王国はもともと、年中空が雲に覆われた多雨の地だったが、ユリアンヌとティアが七歳の誕生日を迎えた頃から太陽が顔を出すようになった。不毛の大地は潤い、作物が次々と実り、国力が驚くほど向上した。

神官いわく、雲が消え太陽が顔を出したのは、ユリアンヌの風の精霊の影響らしい。

それ以降ユリアンヌは、〝奇跡の王女〟と人々に称えられるようになる。

双子の姉妹でありながら〝精霊なし〟のティアのみじめさは、ますます際立つようになった。優しかったのは母だけで、父をはじめ、皆がティアを見下した。

それでも後れて精霊がつく者もいるため、十年ほど様子は見てもらえた。

だが、ティアに精霊がつくことはなかった。

十歳の誕生日を迎えた日のことを、ティアは一生忘れられないだろう。

ユリアンヌの誕生日パーティーを盛大に催した裏で、〝精霊なし〟と断定されたティアは、父にさんざん罵倒された。ティアが〝精霊なし〟だということはすでに国中に知られており、父は羞恥に耐えられなくなっていたのだ。

『この恥さらしが！　お前は王族の権威を損ねる卑しい存在だ。この城に、もはやお前の居場所などない！』

　母はティアが九歳の頃に亡くなっており、ティアの味方は誰もいなかった。ティアは、わずか十歳でコロとともに城を追い出され、市井にある薄汚れた屋敷に住《す》み処《か》を移された。

　ティアの身の回りの世話をするためにつけられた不愛想な中年の侍女は、ティアが十三歳になってすぐ、屋敷にあった数少ない宝石を持って行方をくらました。それ以来ティアは、ずっとひとりで暮らしている。


　ティアとアベルが出会ったのは、ティアが十九歳でアベルが二十二歳の、ちょうど一年前のことだった。

　あるときティアが、市場に買い物に行こうとしたところ、屋敷の前に人だかりができていた。

『――大変だ！　人が刺されたぞ！』

　人だかりの中には、ひとりの騎士が倒れていた。黒い騎士服の色で、下級騎士だとすぐに分かった。脇腹のあたりに血がにじんでいるのを見て、ティアは胸を痛めた。

『何があったのですか？』

『ばあさんが財布をすられちまってな。ちょうど通りかかったこの騎士様が、泥棒から財布を取り返そうとしたが、取っ組み合いになって刺されちまったんだ。泥棒は今、騎士様のお仲間が追っているところだ』

隣にいた中年男に問いかけると、気の毒そうに教えてくれた。

『早く医者を呼べ！』

『この界隈に医者はいない。医者が来るまで、少し時間がかかるぞ。どこか安全な場所に騎士様を避難させないと』

人々の話し合う声が聞こえ、ティアはとっさに声を張り上げた。

『どうか私の家に運んでください！　すぐそこですから！』

自分のベッドに寝かせた騎士の脇腹の傷に、ティアは応急処置として〝女神の薬〟を塗った。母から譲り受けたこの薬には、強力な治癒力がある。おそらく、花の精霊使いだった母の力が込められているのだろう。

おかげで、医者が来るまでに騎士の傷はあっという間に塞がった。

目を覚ました騎士は、刺されたときに死を覚悟していたらしく、奇跡的に助かったことを心から喜んだ。

『君が助けてくれたんだね。俺の名前は、アベル・デロイ・カッツェル。君の名前はなんていうんだい？』

『私はティアと申します』

誠実そうな琥珀色の瞳……その目を細めて、アベルが微笑んだ。

『よろしく、ティア。刺されてしまったけど、君みたいなかわいい女性に出会えたのだから、ある意味運がよかったのかもしれない』

『そんなこと……』

褒められ慣れていないティアは、真っ赤になって恥じらった。

『ところで君の家族は？　家に厄介になってしまって、お礼を言いたいのだが』

『家族はいません』

『まさか君みたいな若い女性が、こんな物騒な場所にひとりで暮らしてるのか？　それは心配だな』

それ以来アベルは、ひとり暮らしのティアの様子を見に、足しげくティアのもとに通うようになった。はじめは戸惑っていたティアだったが、だんだんアベルに会える日が楽しみになっていった。

こんなにもティアに優しく接してくれる人は、今までいなかったからだ。

ティアの正体が城を追放された〝恥さらし王女〟と分かってからも、アベルは優しかった。

アベルに告白されてふたりが付き合うことになったのは、出会ってから三ヶ月後である。プロポーズされて結婚の約束をしたのは、その一ヶ月後だ。

『ティアとの結婚を認めてもらえるよう、精いっぱい頑張《がんば》るからな』

結婚を約束した当初、アベルは張り切っていた。

王室から見放された身ながらも王女であるティアは、子爵家のアベルが結婚できるような相手ではない。だが戦争で手柄を上げれば、話が違ってくる。過去に、戦争で功績を残した褒賞として、王女を娶《めと》った下級騎士もいた。

そこから、アベルの快進撃が始まった。

アベルは戦争が起こるたびに、数々の手柄を上げた。ティアの恋人になる前までは平凡な騎士にすぎなかったのに、その変わりようは凄《すさ》まじかった。

アベルが英雄と呼ばれ、国の人気者にのし上がるまでに、時間はかからなかった。

だがその頃から彼は変わり、ティアを軽蔑するようになった。

優しかった頃のアベルは、もうどこにもいなかった――。

フラれたばかりで放心状態のティアが、コロを抱きしめながら、そんなふうになすすべもなく過去に思いを馳せていたときのこと。

——ドンッ!!

静まり返った屋内に大きな音が鳴り響き、ティアはビクッと肩を跳ね上げる。

——ドン、ドンッ!

立て続けに音が響いたあと、ドアが蹴破られ、大勢の黒い騎士服姿の騎士が屋敷の中になだれ込んできた。

「引き出しの隅々からベッドの下、細かいところまでしらみつぶしに捜すんだ! いいな!」

三十代くらいの白い騎士服の男が、部屋の真ん中に立ち、我が物顔で声を張り上げる。マクレド王宮騎士団では、上官が白、下級騎士が黒の騎士服と決まっている。そのため彼が上官であることがすぐに分かった。

「はっ!」

威勢よく返事をするなり、屋敷の中を勝手にあさり始める大勢の部下たち。戸棚を開いたり花瓶を割ったりとやりたい放題で、ティアは真っ青になった。

「人の家で、いったい何をしているのですか!?」

すると、上官がティアに冷ややかな視線を投げかけた。

「ティア殿下、あなたを窃盗の罪で捕縛いたします」

「……窃盗？　そんな、何かの間違いです。いったい、私が何を盗んだというのですか？」

上官が、あきれたようにため息をつく。

「しらばっくれないでください。ユリアンヌ殿下が、今は亡き王妃陛下から譲り受けた大切な塗り薬を盗みましたよね？」

「塗り薬……？　もしかして、〝女神の薬〟のことですか？　でもあれは――」

「王妃陛下の形見分けの際、あなたは多くの高級品を強引に我がものにしたと聞きました。慎ましやかなユリアンヌ殿下は、王妃陛下との思い出が詰まった塗り薬だけを求められたというのに。それでも飽き足りず、ユリアンヌ殿下から唯一のお母上の形見を盗むなど、王女として……いや、人としてあるまじき行為です」

軽蔑するような口調で言われ、ティアは絶句した。

彼は、まったく逆のことを言っている。

母の形見分けの際、ほとんどの品を我が物にしたのはユリアンヌの方だ。ところが木製の入れ物に入った母のお気に入りの塗り薬だけは『市井で買ったこんな貧乏くさいもの、いらないわ』と放り投げたため、唯一ティアが譲り受けたのだ。

贅沢を好むユリアンヌは、王妃でありながら質素な生活を好んでいる母を、疎ましがっていた。

だが真実を話しても、彼は信じてくれないだろう。

（ユリアンヌが急にあの薬を欲しくなって、嘘を言ったのね）

子供の頃から、ユリアンヌは都合の悪いことはことごとくティアのせいにした。そしてティア以外の前では、純粋な心を持つ慎ましやかな王女として振る舞った。

〝奇跡の王女〟の振る舞いを疑う者は、ひとりとしていなかった。

（だけど、どうして急に欲しくなったのかしら？　今までは見向きもしなかったのに）

ティアが違和感を抱いていると、奥の部屋からひとりの騎士が戻ってきた。

「それらしきものを発見しました！」

精霊の女神デルフィオーネの肖像が彫り込まれたその小さな木箱は、紛れもなく母の形見の塗り薬で、ティアは血相を変えた。

「やめて……！」

騎士のもとに駆け寄り、薬を取り返そうとする。その様子を見た上官が満足げにうなずいた。

「それで間違いがなさそうだ。すぐにユリアンヌ殿下のもとにお届けしろ」

「はっ！」

「持っていかないで！　お願いです！」

ティアは嗚咽《おえつ》に似た叫び声を上げた。

母は、ティアに優しかった唯一の人だ。

ティアが馬鹿にされ落ち込んでいると、いつも薬を持ってきて、手に塗ってくれた。

『これは魔法のお薬なの。心を元気にしてくれるのよ』

強力な治癒力のあるその薬は母の力が込められているのか、どれだけ使っても減らなかった。

そして何よりも、薬を塗ってくれるときの母の手が温かくて、いつも前向きな気持ちになれたのだ。

ティアは、悔しさから唇を噛みしめる。

「モウン‼」

すると、ティアの思いが伝わったかのように、コロが薬を持っている騎士の足に噛みついた。とたんに、騎士が「ぎゃっ！」と悲鳴を上げる。

「いててて っ！　このブサイク犬！　よくも噛みついたな！」

怒りをあらわにした騎士が、腰からすらりと剣を抜き、コロに向けた。ティアの全身から、サアッと血の気が引いていく。

ティアは、コロを庇《かば》うようにして騎士の前に立ちふさがった。

「やめて、コロを傷つけないで！」

「どいてろ！」

逆上した騎士が、勢いよくティアの体を払いのける。

「……っ！」

よろめいたティアは、運悪くテーブルで強く頭を打ち、ふらつきながら床に倒れ込んだ。騎士が、乱暴にコロの首根っこをつかみ上げる。

「キャイン！」

コロの痛ましげな鳴き声が響いた。

「忌々《いまいま》しい犬め！　すぐに殺してやる！」

（や、めて……）

コロを救いたくとも、体が思うように動かない。

意識まで朦朧《もうろう》としてきて、ティアは絶望に打ちひしがれた。

コロは、ティアの大事な友達だ。

何がなんでも守りたいのに、ティアはあまりにも無力だった。

（どうして私の大切なものは、この手からことごとく抜け落ちてしまうのかしら？）

母も、恋人も、宝物も、そして唯一無二の友達さえも――。

虚しさからティアが気力を失っていると、にわかに部屋が騒然とした。

「うわあぁぁ!!　どうした急に!?」

「仲間に剣を向けるなど、正気の沙汰じゃない！　ついにトチ狂ったか！」

（何が……起こったの？）

気にはなるが、ティアにはもはや、それを確かめる力は残されていなかった。

そし床に倒れたまま、あっという間に意識を手放したのである。

「う……」

ティアが目を覚ますと、見たことのない石造りの天井が目に飛び込んできた。

頭痛とともに、意識を失う前のことを思い出す。

(たしか私、捕まりそうになって……。そうだわ、コロは?)

ハッとしたところで「モウン!」というコロの鳴き声がした。

「モウン、モウン!」

同じ室内にコロもいるようだ。

(よかった、無事だったのね。それにしても、すごくうれしそうな鳴き方だわ)

ティアはホッとしつつ、鳴き声のした方に顔を向けて硬直した。

コロが仰向けになり、無防備に人に腹を撫《な》でさせていたからだ。

警戒心の強いコロが、ティア以外の人間に腹を撫でさせることはまずない。アベルにいたっては、少し触れただけで激しく吠えられていたほどだ。

さらにティアは、コロの腹を撫でている男の顔を見て声を上げそうになった。

深い闇を彷彿《ほうふつ》とさせる漆黒の髪に、不気味さを漂わせる紫の瞳。アベルをも凌《しの》ぐ絶世の美男子なのに、背筋が凍るほどの冷たい雰囲気をまとっている彼は、ティアも知っている人物だった。

（え……？　もしかして、悪魔騎士？）

悪魔騎士ことドラーク・ギルハンは、マクレド王宮騎士団所属の騎士だ。見た目からして、おそらくアベルと同じ年頃だろう。

〝悪魔騎士〟という二つ名は、戦場での彼の残虐な戦い方が由来らしい。屍《しかばね》に囲まれ、血に濡れた体で紫の瞳を光らせているドラークの姿を見た騎士たちが恐れをなし、いつからかそう呼ぶようになったという。

紫の瞳は、精霊の女神デルフィオーネの宿敵である悪魔ミケルガの象徴であり、そういった意味も含まれているのだろう。

引き締まった長身の体躯《たいく》に、名画の中から飛び出してきたかのような絶世の美顔。現実離れしたその美しさが、彼の恐ろしさをさらに助長していた。

剣士としての腕前は抜きん出ていながら、彼は騎士団長に昇格したアベルとは違って、下級騎士止まりである。というのも、社交性に乏しく、ほかの騎士たちとまったく交流を深めようとしないからだ。好むのは戦いだけ。

ささいなことで気分を害し、何度か同僚を絞め殺そうとしたこともあるという。目が合えば殺される、夜な夜な生き血を啜《すす》っているという噂まであった。

そのためドラークには技量はあるが、騎士団の中では腫れ物扱いされているのだと、アベルは常々あきれたように言っていた。

そのドラークが、なぜかティアの愛犬のお腹を撫でている。だらしない顔で尻尾をパタパタさせているコロは、完全にドラークに心を許しているようだ。

(どういうこと？　まったく理解が追いつかないわ)

「よしよし、いい子だな」

穏やかなドラークの声が聞こえ、ティアは耳を疑った。微《かす》かに笑ってもいるらしい。

(この人、本当にあのドラーク・ギルハンなの？)

あんな優しい声を、悪魔騎士が出すなんてあり得ない。

どこかにもうひとりいるのかもしれないと辺りを見回したが、どこにもいなかった。

ティアはますます動揺する。

ふいに、ドラークがティアの方を見た。まがまがしい紫の瞳と思い切り目が合い、ティアは震え上がる。

目が合えば殺される、という噂を思い出したからだ。

ティアはどうにか口をパクパクと動かした。

「あ、あの……ここはどこですか？」

「貧民街にある宿屋です」

ドラークが淡々と答えた。

そこでティアは、しゃがみ込んでいる彼の傍らに置かれた、見覚えのある紙袋に気づく。

（あれは、いつもの高級干し肉？）

コロが大好物の高級干し肉が、屋敷の入り口に定期的に置かれるようになったのは、数年前からだ。

高級干し肉をあげるたびに喜ぶコロの姿を見るのは、孤独なティアの唯一の癒やしだった。

──きっと、どこかに優しい犬好きな方がいるのね。

そんなふうに思ってありがたく頂戴していたけど、もしかして。

「その高級干し肉、ドラーク様が届けてくださっていたのですか……？」

思わずそう口走った瞬間──。

『うわあぁ!!　どうした急に!?』

『仲間に剣を向けるなど、正気の沙汰じゃない！　ついにトチ狂ったか！』

ティアは、意識を手放す前のことを稲妻のように思い出した。

「……もしかして、あなたが私を助けてくれたのですか？」

「はい、そうです。俺が助けました」

「でも、どうして……」

ティアとドラークに接点はない。互いにそれなりの有名人であるため存在は知っているると思われるが、こうして話したのは今が初めてだ。

困惑していると、ドラークが口を開いた。

「その犬を、町でときどき見かけていましたので」

「あ……なるほど」

(私ではなくて、コロを助けてくれたのね)

高級干し肉を定期的に届けてくれるほど、ドラークはコロをかわいがっているのだ。コロの愛らしさを分かってくれる人に初めて出会えて、ティアはうれしくなった。

「モウン！　モウン！」

コロがハッハッと舌を出しながら、ティアのベッドに飛び乗ってきた。

尻尾をパタパタと高速で振るコロを、横になったまま抱きしめる。

「コロ、怪我《けが》がなくて本当によかった！」

「モウン!!」

小さな温もりを感じているうちに、いつしかティアはポロポロと泣いていた。

悲しさと悔しさ、そしてコロともども無事だった安堵。

荒波のような感情が、今さらのようにどっと胸に押し寄せる。

（泣いたのなんていつぶりかしら）

ぐすんと洟《はな》を啜り上げていると、ドラークと目が合った。

「……！」

とたんに彼の表情がぐっと厳しくなり、ティアは我に返る。ささいなことで気分を害し、同僚を絞め殺そうとしたという彼の噂を思い出したからだ。

だが、あふれ出した涙は止まる気配がない。気づけば険しい表情のドラークが目の前まで迫っていて、ティアは固く目を閉じた。

（急に泣いたから、彼の気分を害したのかもしれないわ。殺される……！）

ところが。

「どこか痛むのですか？」

想像もしていなかった言葉が降ってきて、ティアは再びゆっくりと目を開けた。間近で、ドラークの紫の瞳と目が合う。

迫力はあるものの、そのまなざしは気後れするほどにまっすぐだ。

ティアはきょとんとした。

(ひょっとしてこの人は、噂のような怖い人ではないのかしら？　犬が好きな人に悪い人はいないって言うし)

「いえ、どこも痛くはありません。あっ、頭痛は少ししますけど」

ドラークが眉根を寄せた。

「動いてはいけません。頭を打っているのですから、まだ横になっていてください」

「あ……はい。分かりました」

素直にベッドに横になると、ドラークがティアの体に毛布をかけてくれた。

(え、そんなことまで……？)

こんなふうに誰かに毛布をかけられたのは、いつぶりだろう？

思いがけず胸が温かくなって、彼に対する恐怖心が、みるみる消えていった。

よく見ると、彼の騎士服の腕に血がにじんでいる。黒の生地なので分かりにくいが、かなり出血しているようだ。

慌てたティアは、ガバッと起き上がった。

「ドラーク様、その傷はどうされたのですか？」

「傷？」

ドラークがティアの視線を追い、「ああ、これですか」と事もなげに言う。

「先ほど争ったときにできたのでしょう。たいしたことありません、舐めておけば治ります」

「舐めて治るレベルではないですよ！　そんなに血が出てるじゃないですか？」

「俺のことより、あなたです。どうか安静にして――」

「――頭痛ならもう治りました、だから傷を見せてください」

真剣に言うと、ドラークは口を閉ざし、逡巡《しゅんじゅん》する素振りを見せつつも上着を脱いだ。袖をまくった腕には深い切り傷があり、ティアはますます慌てる。

「早く、手当てをしないと……」

だがそこで、重大なことに気づいた。

（そうだわ。〝女神の薬〟は、持っていかれてしまったんだわ）

愕然としたものの、落ち込んでいる場合ではない。

ティアはすぐに気持ちを切り替えると、迷わず自分のドレスの裾を引きちぎった。

ドラークが目を見張る。

「何をしているのですか？」

「止血をするので動かないでください。使えるようなものがこれしかなくて、ごめんなさい」

ドレスの切れ端を、ドラークの腕の傷に巻いた。

ティアの勢いに圧倒されたかのように、ドラークは大人しくされるがままになっている。

どうにか腕に布を巻き終えた。巻き具合を確かめるかのように、コロがドラークの腕にくんくんと鼻を寄せている。

（あとはお医者様に頼んで縫合してもらわなきゃ。でもどうやってお医者様を探せばいいのかしら）

濡れ衣とはいえ、今のティアは罪人だ。迂闊《うかつ》に王都を歩き回ったら、見つかって牢獄に入れられてしまうだろう。ティアを助けたドラークも上官の命令に背いたわけだから、もはや騎士団には戻れない。

今さらのように、ドラークに対して申し訳なさが込み上げる。

ふと見上げたドラークの顔は、今になって傷が痛みだしたのか、ほんのり赤味を帯びていた。

「――とにかく、王室に追われている身の俺たちは、もうこの国にはいられません」

「ドラーク様まで巻き込んでしまって、申し訳ございません……」

彼まで罪人にしてしまった罪悪感で、ティアの胸はいっぱいだった。

「謝る必要はありません。俺が勝手にしたことなのですから。これからは俺が全力で守りますので、ご安心ください」

向けられた瞳のあまりのまっすぐさに、ティアの心臓がドクンと跳ねた。

「……助けてくださって、本当にありがとうございました」

（コロを守る、って意味よね？　コロがいつの間にかドラーク様と仲よくなってくれたおかげで助かったわ。コロに感謝しなくちゃ）

ティアは改めて、頬をペロペロと舐めているコロをぎゅうっと抱きしめたのだった。

◇

ドラーク・ギルハンはあり余るほどの魔力を持って生まれたが、十七歳の頃に黒魔術の影響によって魔力を失い、誠実そうだった見た目も、疑うことを知らなかった性格も変わった。

すさんだ気持ちのまま故郷を離れ、マクレド王国に流れ着いたのは十八歳の頃のこと。

この国の王宮騎士団の門戸を叩いたのは、力をつけたい一心からである。その後はめきめきと頭角を現し、一年もすると騎士団内でドラークに剣でかなうものはいなくなった。

ドラークは黒魔術の抗《あらが》えない力によって、戦いに没頭していった。

自分の意思とは関係なく、体は貪欲に戦いを求める。次第に敵を傷つけることに何も感じなくなり、返り血さえ気にならなくなった。

ドラークの戦場での狂気じみた立ち回りを見た同僚たちは、いつしか彼を『悪魔騎士』と呼び始めた。

戦が終わり日常に戻ると、激しい後悔がドラークの胸に押し寄せる。

多くの敵を殺《あや》め、悪魔と罵られるまでに落ちた自分に、ただただ絶望した。

そんな中、ドラークはティアに出会ったのだ――。

戦地から帰った日の夜、すさんだ気持ちのままフードを目深《まぶか》にかぶり、王都をうろついていたときのことだった。

『見ろよ、この犬。めちゃくちゃブサイクじゃねえか？』

『こりゃ犬か？　でっかいゴミが落ちているのかと思ったぜ！』

ギャハハという下劣な笑い声が聞こえ、ドラークは眉をひそめた。酔っ払いが野良犬を囲み、いじめているようだ。

――クズのような人間どもだな。

心の中で罵りながら『モウン！　モウン！』と特徴的な唸り声を上げている犬を眺める。

真っ黒でコロンとしていて、見るからにかわいい犬だった。

なぜか、妙に惹きつけられる。心くすぐられ、いても立ってもいられなくなった。

あんな魅力的な犬に対してなんということを言うのだと、怒りが込み上げる。

――すぐに抱きしめて、モフモフの毛に顔を埋めたい。

あんなにもかわいい犬をいじめているあの下衆《げす》どもが許せない。

すぐさま犬を助けようと、ドラークが一歩踏み出したとき。

『あなたたち、何をしてるのですか!?』

鈴の音のような声とともに、ピンク色の髪をした少女が、男たちに食ってかかった。

『その子は私の犬です、返してください』

『なんだぁ、この女？　偉そうに』

『俺たちを誰だと思ってるんだ？』

男たちが怒りをあらわにしても、少女はそこから動こうとはせず、澄んだ緑色の瞳で彼らを見返した。

下衆な男どもに凛と立ち向かうその姿を見た瞬間、ドラークの心に春風が吹き荒れる。ぼうっとしたまま、その少女から目が離せなくなった。

――あれは、女神か何かなのか？

薄汚れた街角で、そこだけ清純な空気が流れているかのようだった。

とはいえ、若い女性がこんな物騒なところを出歩き、柄の悪い男たちにひとりで立ち向かうなど、褒められることではない。愛犬を守りたいという強い思いに、抗えなかったのだろうが……。

その佇まいから見ても分かるように、それほどまっすぐで優しい心の持ち主だということだ。

男たちの方でも、みすぼらしい格好ながらも、少女が美しい顔立ちをしていることに気づいたらしい。顔から怒りを消し、ニタニタ笑いを浮かべる。

『なるほど、本当は俺たちと遊んでほしいんだろ？』

『それならそうと言えばいいのに。かわいがってやるよ』

男たちのごつごつとした手が彼女に伸びるのを見た瞬間、ドラークの頭の中で何かがブチッと切れる音がした。

『救いようのないやつらめ……！』

吐き捨てるように言うと、ドラークは外壁に身を隠し、懐に忍ばせた短剣を男たちに向けて勢いよく投げた。

——ヒュンッ！

『ひぃぃっ！』

自分たちの顔スレスレのところを抜け、近くにあった木製の店舗看板にグサッと刺さったナイフを見て、男たちが真っ青になった。

その隙に少女は犬を抱え、その場から走り去っていった。

『待て！』

男のひとりが少女を追いかけようとした。

だがドラークはすばやく駆け出し、その男の首根っこをつかんで勢いよく地面に叩きつけた。馬乗りになって腰から抜いた剣を男の首に当て、睨《にら》み殺す勢いで顔を近づけた。

『ぎゃあああ！』

先ほどまでの横柄な態度はどこへやら、男が情けない悲鳴を上げる。

『いいか、あの女と犬に二度と手を出すな』

『む、むらさきの目……！　あ、あくまだ……！』

『聞いてるのか？　手を出したら、次こそ首をぶった切るからな』

『ひ、ひぃぃぃ！　わ、わかりましたぁ……！』

ガクガクと涙目でうなずく男を見て、ドラークはようやく手から男を解放した。仕上げに股間を力の限り蹴りつけると、男は断末魔のような叫びを上げた後、仲間と連れ立ってぎこちなく走り去っていった。

その後、ドラークは少女のことを調べた。

結果、彼女がこの国の〝恥さらし王女〟ティア・ルミーユ・マクレドであるという驚くべき事実を知る。

あのような澄んだ目をした少女を〝恥さらし王女〟と罵るなど、王室はあきれるほどに見る目がないらしい。

ドラークが再びティアに会ったのは、その半月後だった。

戦地帰りのその日も、ドラークはフードを目深にかぶり、すさんだ気持ちで王都をうろついていた。

今回の戦は特にひどかった。戦地の惨状と、狂気じみた自分の振る舞いに恐れおののく騎士たちの表情が、頭から離れない。

──俺はなんのために生きているのだろう？

そんな疑問が胸に押し寄せ、ドラークを苦しめた。魔力を失い、黒魔術の影響によって怪物へとなり果てたこの身が憎くてしょうがない。

ドラークは街をさまよっているうちに歩けなくなり、地面に膝をついた。

考えてみれば、しばらく食べ物を口にしていない。

──このまま死ぬのも悪くないかもしれない。

地面に突っ伏し、抜け殻のような瞳で星空を見上げる。ボロボロの身で地面に倒れているドラークの横を、関わりたくないとでもいうように、人々が足早に通り過ぎていった。

『あの……』

意識を失いかけていたとき、鈴の音のような声がして、ドラークは我に返った。

──この声、どこかで聞いたような……。

ドラークはみるみる目を見開いた。地面に横たわる自分を見下ろしていたのが、あの女神のような少女、ティア・ルミーユ・マクレドだったからだ。

『これ、よかったら食べてください』

ティアが、手にした籠をドラークの目の前に置いた。

中には、香ばしい匂いのする焼きたてのパンが山盛りになっている。

フードで目元まで隠れているため、ティアはドラークの正体に気づいていないようだ。

『裏通りのパン屋さんで買ったものです。最近できたばかりのお店で、とっても美味しいんですよ』

そう言ってティアがにっこりと微笑んだ瞬間、ドラークの見えている世界は変わった。まるですさんだ世界に、清らかな花が咲いたかのよう。

ドラークが何かを言う前に、ティアは目の前から立ち去った。雑踏の中に消えていく華奢《きゃしゃ》な後ろ姿を見ているだけで、胸がぎゅっと締めつけられる。

ティアの春風のように穢《けが》れのない笑顔は、その後もドラークの心に残り続けた。

——こんな俺でも、またあんな笑顔を向けてもらえる日が来るかもしれない。

その思いはやがて、ドラークの生きる希望となった。

――ティアは怪我をしているドラークに何度もベッドを使うよう言ってきたが、いつしか寝てしまった。よほど心労がたまっていたのだろう。

ドラークは、泥のように眠っているティアの寝顔を見ながら考え込む。

(なるべく早くにこの国を出たいところだが、ティアは頭を打っている。丸一日は安静にした方がいいだろう)

出発は、明日の夜に決めた。

(かわいいな)

スースーと寝息を立てているティアに、ドラークはとろけるようなまなざしを注ぐ。

そのうち、忘れていたはずの願望が口をついて出てきた。

「魔力を取り戻したい……」

だが言ったあとで、例えようのない虚しさが胸に押し寄せた。

魔力を取り戻す方法については何度も調べたが、結局見つかっていない。

それはもう、叶わぬ夢物語なのだ。

◇

まるで、穏やかな海に浮かんでいるかのようだった。

（とても落ち着くわ）

こんなに安らいだ気持ちになれたのは、いつぶりだろう。

ティアは亡き母と、真昼の空の下、庭園で過ごした日々を思い出す。愛にあふれた母のまなざしに見守られていた、幸せだったあの頃。

違和感を覚え、ティアはバチッと目を開けた。

視界に映ったのは、真昼の空どころか、月明かりだけが頼りの闇である。ガタガタというせわしない車輪の音が、ひっきりなしに響いていた。

状況が理解できないものの、自分が誰かの膝の上にいることだけはかろうじて分かった。

紫の瞳がすぐ近くで鈍く光っている――ドラークだ。

「……！」

彼に抱きしめられていることに気づき、声が出かけたところで、唇に人さし指を当てられた。声を出すな、という意味らしい。

「……ここはどこ？」

「国境に向かう馬車の中です。くれぐれも、そのフードは取らないでください」

ヒソヒソ声で話をする。乗合馬車のようで、車内にはほかにも貧しい身なりの乗客がいた。おそらく、訳ありの者が利用する闇馬車だろう。

馬車は今、生い茂る森に沿った山道を走っているようだ。

「私、どれくらい眠っていたのですか？」

ドラークに助けられ、宿屋で一度目を覚ましたきり、記憶が途切れている。

「丸一日です」

「丸一日……？　すみません、そんなに寝入ってしまって……。もしかして抱いて移動してくださったのですか？」

「はい」

「重かったでしょうに、ごめんなさい」

「まったく重くはないので、お気になさらず」

淡々と言うドラークと間近で目が合う。暗がりで見る紫の瞳はゾクッとするような色気をはらんでいて、ティアの心臓がドクンと鳴った。

「クウーン」

コロの小さな鳴き声が聞こえた。ドラークの懐から顔を出し、つぶらな瞳でティアを見上げている。

「コロ、静かにしてたのね。えらい子だわ」

「モウン」

ドラークに大事にされているコロを見て、ティアはうれしくなった。

（コロをかわいがってくれるドラーク様になら、安心して預けられるわ）

ふと、そんなことを思う。

ティアは〝恥さらし王女〟のうえに、今となっては罪人だ。コロがこの先もティアと一緒にいたら、またいつ身に危険が迫るか分からない。

そのときだった。

「ヒヒーンッ！」

馬の激しい嘶《いなな》きが聞こえ、馬車がガタンッと急停止する。

「きゃ……っ！」

大きく揺れた車内で悲鳴を上げたティアを守るように、ドラークがその体をきつく抱きしめた。

「なんてことだ、盗賊だ‼」

御者が悲鳴を上げたとたんに、荒っぽい風体の男たちがドカドカと車内に踏み込んできた。

「金目の物と女をよこせ！　さもなくば、命はないぞ！」

男たちはすぐさま車内を荒らし始め、見るに耐えない騒乱が繰り広げられる。

ドラークはティアを深く胸に閉じ込め、じっとしていた。目立ってしまえば、自分たちの正体がバレてしまうからだろう。

「おい、そこにいるのは女じゃねえか？」

盗賊のひとりがティアに気づいた。

「この者は重篤な病を患っていますので、お許しください」

盗賊はドラークの声を無視し、乱暴にティアのフードを剥《は》がす。緑色の瞳があらわになり、ピンク色の髪が闇夜にこぼれ落ちた。

盗賊が下劣な笑みを浮かべる。

「驚いた、こりゃ悪くない。病気でもかまわねえよ、さっさと引き渡せ！　さもなくばお前の命がなくなるぞ！」

盗賊がティアの顔を見て王女だと気づかなかったのは幸いだった。とはいえ、バレるのも時間の問題だ。

だが次の瞬間、にわかにドラークのまとう空気が変わった。ゾッとするほど冷徹な彼の目を見て、ティアの背筋に怖気が走る。

ドラークは膝からティアを下ろすと、庇うようにして盗賊の前に立ちふさがった。

薄汚れたマントの内側に手を入れ、剣を取り出したドラークを見て、盗賊が「ハッ」とあざ笑うような息を吐く。

「なんだよ、やる気か？　後悔しても知らねえぞ。俺は盗賊界では名の知れた――」

盗賊の意気揚々とした声は、そこでプツリと途切れた。

目にも留まらぬ早さで、ドラークが彼を切り捨てたからだ。

今の今まで怯《おび》えていた乗客たちが唖然とする中、ドラークが馬車の外に飛び出た。

疾風のごとく、盗賊たちに襲いかかっていく。

「わぁぁぁ!!　なんだ、こいつは!?」

「なんて強さだ！　ぎゃあああ!!」

盗賊たちの悲鳴が辺りに響いた。

ドラークの動きは俊敏で隙がない。鋭い紫の瞳で的確に敵をとらえ、次々と切りつけていく。

ティアはドラークの立ち居振る舞いに目が釘付けになった。

（圧倒的な強さだわ……。瞳の色だけでなく、このずば抜けた強さも、彼が悪魔騎士と呼ばれるようになった理由なのね）

気がつくと、盗賊たちは全滅していた。馬車の乗客たちが震えながらドラークを見ている。

瞳を獣のごとくたぎらせていたドラークが、肩で息をしながら、我に返ったようにティアに顔を向けた。

（どうしてそんな不安げな顔をしているのかしら）

違和感を覚えていると、近づいてきたドラークが、ティアを横抱きにした。

「騒ぎが広まれば、俺たちの追っ手がこの場所に来るでしょう。一刻も早く、ここから逃げないといけません」

「はい、分かりました」

ティアはこくこくとうなずき、ドラークに身を任せる。ティアを抱いたドラークは、そのままうっそうと生い茂る森の中へと駆け出していった。

ふたりは今夜、森の奥で野宿をすることにした。

ドラークが手際よく薪《まき》を並べ、火をおこす。その表情は先ほどからずっと暗い。常から不機嫌そうな顔をしているものの、いつにも増して重々しい雰囲気をまとっていた。

(何か悩んでいらっしゃるのかしら?)

コロを抱きしめながらティアが考え込んでいると、ドラークがポツリとつぶやいた。

「……先ほどは、申し訳ございませんでした」

謝罪を受けるようなことをされた覚えがなく、ティアは困惑する。

「なぜ、謝るのですか?」

「多くの血を流して、あなたに怖い思いをさせてしまいましたので」

「ですが、私たちは襲われた側です。ドラーク様は何も悪くありません。それどころか、ドラーク様のおかげで、私も馬車に乗っていた人たちも救われました」

ドラークが、いぶかしげに眉を寄せる。

「いいえ、乗客たちは皆引きつった顔で俺を見ていました。俺の戦い方は残酷なようで、人々を怖がらせてしまうのです。騎士団では悪魔と呼ばれ、恐れられました。英雄と称えられる人間とは、真逆の存在です」

英雄と称えられる人間とは、きっとアベルのことだろう。

苦しげにうつむいているドラークを見ていると、胸が軋んだ。人に認められない虚しさは、ティアにもよく分かるから。

ティアは、そっとドラークに微笑みかけた。

彼の不安な気持ちが、少しでも和らぐように。

「私にしてみれば、私を見捨てた彼なんかより、身を挺して私を守ってくれたドラーク様の方が英雄に見えますわ」

ドラークが本当に守りたかったのはコロで、飼い主のティアが結果的に恩恵をこうむっているだけなのは分かっている。

それでも、感謝せずにはいられなかった。

ドラークの紫色の瞳が、にわかに揺らいだ。しばらく押し黙ったあと、ドラークが再び口を開く。

「ティア様。どうか、俺を呼ぶときに『様』をつけるのはおやめください。敬語も必要ありません」

「……分かりました。では、ドラークと呼ぶわ。ドラークも、私と話すときに敬語を使うのはやめて。ティアと呼び捨てにしてほしいの」

ドラークが驚いたように瞳を揺らした。

「ですが、さすがにそういうわけにはいきません」

「逃亡犯の私は、もはや王女とは呼べる立場ではないわ。でも、それでいいの。〝恥さらし王女〟ではない〝ただのティア〟に、ずっとなりたかったから」

ドラークはそれでも迷うような素振りを見せたが、やがてたどたどしく答えた。

「分かった……そうしよう」

ティアは自然と笑みを浮かべた。

言葉使いが変わっただけで、彼との距離が近くなったように感じ、うれしくなったからだ。

「ドラーク、ところで腕の傷が悪化してない？　薬を塗らずに布を巻いただけだから、心配だわ。確認させて」

「……ああ。痛くはないから、大丈夫だとは思うが」

口調が慣れないのか、ギクシャクとしつつも、ドラークが腕をめくって昨夜ティアが巻いた布を外した。傷口を見た瞬間、彼の声色が変わる。

「傷がよくなっている……」

「え……？　本当だわ」

ドラークの傷は、彼の言うように、ひと晩しか経っていないとは思えないほど目立たなくなっていた。ティアも驚き、まじまじとドラークの傷を眺める。まるで〝女神の薬〟を塗ったときのような回復具合だった。

（どうして〝女神の薬〟を塗ったわけでもないのに、傷が癒えたの？）

「不思議なことがあるものだな」

「ええ。よくなるに越したことはないけど……」

「モウン！」

まるで傷が癒えたことを喜ぶようにコロが鳴き、ドラークの頬を舐める。

ドラークはくすぐったそうにしながらも、目を細めてコロを撫でていた。

そんなドラークの姿に、ティアは思わず見とれる。

コロといるときのドラークは、まるで別人のように表情が柔らかい。彼がどれほどコロをかわいがっているか、ひと目で分かるほどに。

ティアはふと考えた。

ドラークにとって、ティアは明らかに足手まといだ。

指名手配の逃亡犯として顔が新聞に載っているだろうから、身元が割れる可能性が高い。そのため、今日もずっとドラークに抱きかかえられて移動していたのだ。この先も今のように移動し続けるのは心苦しい。

(ドラークが守りたいのはコロで、私じゃないわ。私はここで身を引くのが正解かもしれない)

ドラークになら、安心してコロを任せられる。

それにドラークは有名とはいえ、ティアほど顔は知られていないだろう。

ティアは意を決した。

「ドラーク、お願いがあるの。私は、ここでお別れするわ。この先は、あなたにコロを任せてもいいかしら？」

ドラークが、眉間に皺《しわ》を寄せた。

「何を言ってる？」

「私がいない方が、あなたはもっと早く行動できると思うの。どうかコロを守って。あなたほど早くは行動できないけど、私もどうにかして逃げるから心配しないで。私、こう見えてもひとり暮らしが長いから、意外と強いのよ」

ドラークが罪悪感を抱かないように、冗談じみた口調で告げた。

彼が深く考えるように口を閉ざす。

（ドラークにとっては悪い話じゃないわ。だから、きっとなびいているのね）

「それは絶対に無理だ」

ところがドラークは、きっぱりとそう答えた。

「俺の知る限り、あなたは強いわけじゃない、弱い部分を隠しているだけだ。俺はそんなあなたを守りたい」

その瞬間、ティアは見えていく世界が変わっていくような感覚になった。

『ティアは慎ましやかなユリアンヌ殿下と違って逞《たくま》しいな。俺なんかいなくてもひとりで生きていけそうだね』

思い出したのは、以前耳にしたアベルの言葉だ。

アベルは、泣いたりくよくよしたりする女性が苦手だと言っていた。だからティアは、いつもアベルの前で明るく振る舞っていた。〝恥さらし王女〟として疎まれている自分の印象を、少しでもよくするために。

そんな経験があるから、弱い自分なんて、誰にも見せてはいけないと思っていたのに……。

（ドラークは、弱いままの私でもいいって言ってくれてるの？）

胸がざわざわとして落ち着かない。

こんな気持ちになったのは、生まれて初めてだ。

どうしたらいいか分からずティアはうつむいた。

とにかくドラークは、コロだけでなく、その飼い主であるティアのことも大事に思ってくれているらしい。

（彼の覚悟を無下にしてはいけないわ）

「あ、ありがとう……。それならこの先もよろしくね、ドラーク」

「ああ。よろしく、ティア」

ドラークの紫の瞳は、こうして見ると、恐ろしいどころか夜明けの空のように穢れがない。

一緒にいるほど、彼の心の美しさをどんどん知っていく。

ティアはその日、不思議な胸の高ぶりを感じながら夜を明かしたのだった。


ティアとドラークとコロの、逃亡の旅が始まった。

素性を隠すには病気のフリを続けた方がいいと言って、ドラークはティアを横抱きにして移動した。重いのでティアは気が引けたが、彼はそんなことはまったく気にしていないようだった。

とりあえず隣国近くまで逃れたものの、先行きは不確定だ。

罪人であるティアが、ひとところに定住するのは難しい。身分を偽って居住権を得ても、マクレド王国側が捜索を続ける限り、いつかバレるだろう。となると、移住先の国にも迷惑をかけてしまう。

不安しかないものの、ティアの心は穏やかだった。ドラークとコロと過ごす毎日は、今までにないほど楽しかったからだ。

ドラークは優しい。

母を除いて、ティアがこれまでに出会った誰よりも。

逃亡生活三日目を終える頃には、血も涙もない悪魔騎士というドラークの噂を、ティアはまったく信じなくなっていた。

その日は、山中に古びた狩猟小屋を見つけ、久々に屋根の下で泊まることにした。

窓の向こうには、満天の星が輝いている。

明日にはようやく国境を越えられそうだ。隣国に入れば、今ほど追手を恐れる必要はないだろう。

狩猟小屋には、ベッドが一台置かれていた。粗末ではあるものの敷布が敷かれており、野宿続きの生活の中では際立っていい環境だ。

「ベッドはドラークが使って。私は床で寝るわ」

ドラークは野宿をするとき、いつもティアに寝袋を使わせ、自分は地面にじかに寝ていた。今日ぐらいゆっくり眠ってもらいたい。

ところがドラークは、床に座り込んでしまう。

「俺は床で寝る。ベッドはティアが使ってくれ」

「ドラークは、いつも地べたで寝ているじゃない。たまにはしっかり休まないと疲れが取れないわ」

「俺は地べたで寝ても疲れが取れるよう、軍事訓練を受けている。だから気にするな」

そんなふうにティアとドラークが終わらない押し問答を繰り広げていると、コロがぴょんっとベッドに飛び乗った。それから真ん中に寝そべり、左右に順に鼻をつけて「モウン！」と鳴く。

「もしかして、一緒に寝たらって言ってるの？」

「モウン！　モウン！」

「コロもこう言っているし、一緒に寝る？」

「……！」

ドラークの顔に、あからさまに動揺が浮かぶ。いつも淡々としている彼がこんな顔をするのも珍しい。

「私と一緒のベッドを使うのは嫌かもしれないけど、コロを間に挟めば大丈夫よ」

にこっと笑いかけると、ドラークが観念したようにベッドの左側に身を投げた。

ドラークを説き伏せられたことにホッとしつつ、ティアもベッドの反対側に腰かける。ベッドサイドに置かれたランプを消そうとしたが、消し方が分からない。

「これは魔石ランプだな。こうやって消すんだ」

ドラークが体を起こし、ティアに近づくと、ランプの中に手を入れて光り輝く魔石を撫でた。とたんに光がフッと消え、ティアは目を輝かせる。

「すごい……! こんなランプ、初めて見たわ!」

「魔法を使う国やその同盟国では、よく見るものだ」

今までにないほど近くにドラークの息遣いを感じた。

辺りが暗いこともあり、ティアの胸に急に恥ずかしさが込み上げる。どちらからともなく、パッと身を離した。

「お、おやすみなさい」

「……ああ、おやすみ」

互いに慌てたようにベッドに横になる。

その後も、ティアは同じベッドにいるドラークのことばかり考えていた。

(ひょっとして私、とんでもなく大胆なことを言ったのでは……⁉ 未婚の男女が一緒のベッドで寝るなんて、常識的に考えてあり得ないわよね)

ふしだらな女と思われたのではと、今さらのように焦る。

一方のドラークはというと、頭の後ろに両手を置き、長い足を組んで、何事もないかのように寝る準備に入っていた。

ティアは、今度は別の意味で恥ずかしくなった。

（そうよ、〝恥さらし王女〟の私を、ドラークがそんな目で見るわけがないわ。なんて図々しいことを考えてしまったのかしら）

アベルに告白されたとき、ティアは〝恥さらし王女〟の自分でも愛してもらえるのだと、自信をつけた。だが今は、そのアベルにボロボロにフラれ、完全に目が覚めている。

ティアなんかを、ドラークが異性として意識するわけがない。

……と心では思うものの、体が勝手に意識してしまって、ティアはなかなか寝つけなかった。何度も寝返りを打ちながら、どうにかして寝ようと頑張っていると、暗闇にドラークの声が響く。

「そういえば、コロはいつから飼ってるんだ？」

とっくに寝たものと思っていたが、まだ起きていたらしい。

「七歳の頃よ。間違えて誘拐されたときに出会ったの」

「間違えて誘拐？　どういうことだ？」

「強力な風の精霊がついているユリアンヌの熱狂的な信者たちが、私とユリアンヌを間違えて誘拐したのよ」

「そういうことか……」

「ずいぶん遠くまで連れていかれたけど、途中で私がユリアンヌじゃないって気づいた誘拐犯たちが、山奥に私を捨てたの」

「ひどい話だな」

ドラークが吐き捨てるように言う。

「寒さで震えていたところに、コロが近づいてきたの。あったかくて、おかげで凍え死なずに済んだわ」

ティアは、ベッドの真ん中で眠っているコロのモフモフの背中を撫でた。

「翌朝、コロを抱きしめて体を温めながら、どうにか下山したの。そのままコロはうちの子になったのよ」

首筋を優しくくすぐると、コロが気持ちよさそうにスンッと鼻を鳴らす。

「コロは、この世で唯一の、私の大事な友達なの」

城を追い出されてからもそれほど寂しくなかったのは、コロがいたからだ。

ティアはいつもコロを懐に入れ、他愛ない話をして、一緒に食事をし、夜もこうして寄り添って寝た。コロがいなかったら、きっと地獄のような人生だったに違いない。

ドラークは紫色の瞳で、ひたむきにティアを見つめていた。

コロが好きな彼にとっては、興味深い話だったのだろう。

「ドラークの子供のときの話も聞かせて」

今となっては、ティアにとって、ドラークはコロの次に大事な友達だ。誰かのことを深く知りたいと思ったのは、アベル以外では初めてだった。

「——俺の話はつまらない」

暗がりに、ポツリとドラークの声が響く。それきり黙ってしまった。

(あまり話したくないようね)

ティアは話題を変えることにした。

「腕の傷はどう？　あれから痛くなったりしていない？」

「ああ、もうまったく痛くない」

「眠れないなら、見せてもらってもいい？　治りかけてはいたけど、深い傷だったから、ちゃんと確認しときたいわ」

「ああ、かまわない」

ドラークが体を起こし、腕をまくる。ティアはサイドテーブルに置いた魔石ランプに光をつけ、彼の腕をまじまじと眺めた。

傷は跡形もなく消えていた。かすかな痕すら見つからない。

「きれいに治っているわ。信じられない……」

触れてみても、滑らかな感触しか伝わってこなかった。

（あれほど深い傷だったのに、数日で完治したというの？　本来なら傷が塞がるまでに二週間はかかって、その後も痕が膨らんで残るはずだわ）

不思議すぎて、夢中になってペタペタと触ってしまう。

「その、あまり触れられるとだな……」

ドラークがうろたえたような声を出したときだった。

――ブオンッ!!

ティアが触れているドラークの腕から、突如として白い光が放たれる。光は瞬く間にドラークの体全体を包み込んだ。

「えっ、急になに!?」

何が起こったかまったく分からず、ティアはただただ狼狽《ろうばい》する。

そうしている間も光はますます強くなり、まぶしさで目を開けていられないほどになった。

（何が起こっているの？）

確かめたくとも部屋全体が真っ白な光に包まれ、何も見えない。

しばらくすると、光は徐々に収まってきた。

「ドラーク、大丈夫⁉」

辺りが見えるようになってから、ティアはすぐさまドラークに問いかけた。

ドラークは、驚いたように、いまだ白い光を帯びた自分の腕を見つめている。異常はないようで、ティアはひとまずホッと胸を撫で下ろした。

が、ある違和感に気づく。

「ドラーク、その目と髪、どうしたの……？」

動揺のあまり、ティアの声が震える。

ドラークの目と髪の色が、金色に変化していたからだ。

「俺の目と髪が、どうかしたか？」

「金色に変わっているわ」

「なんだって？」

ドラークが、金色の目を見開いた。

それから彼は、何かに気づいたかのように片手を上げた。

手のひらから緩やかに水が放たれ、鏡のように輝く水の膜を作る。

「ああ……嘘だろ？」

ドラークが水の膜に自分の姿を映しながら、震え声でつぶやいた。

ティアは完全に言葉を失った。

（これは、水魔法……？　まさか、ドラークは魔導士なの？）

ティアが魔法を見るのは、生まれて初めてだ。

精霊使いが精霊の加護によって与えられた力を使うのに対し、魔導士は持って生まれたマナの力で魔法を使う。

魔法には、火、水、風、土、雷の五属性があり、多くの精霊は魔法を苦手としているため、マクレド王国の人々は魔導士を恐れている。魔法の力は圧倒的で、魔法大国のガイラーン王国は、長きにわたって不動の地位にいた。

「やはりこの感覚は、魔力だったのか……」

ドラークが、信じられないというようにつぶやく。

「……ドラークは、魔導士だったの？」

「ああ。魔力を失っていたのだが、もとに戻ったらしい。いったい何があったんだ……？」

「浄化されて呪いが解けたのさ」

するとどこからともなく若い男の声がした。

「え？　今の声、ドラーク？」

「いいや、違う」

ドラークと目を合わせたあとで、ティアはきょろきょろと辺りを見回した。

「下を見ろ」

また若い男の声がして、指示どおりに視線を下げると、モフモフのコロの姿が目に入る。

（いつ見てもかわいいわね）

愛犬のかわいさを心の中で愛でたあとで、ティアは首をかしげた。

下を見たところで、コロがいるだけだったからだ。

「おい、なぜ首をかしげてる？　声の主が分かっただろ？」

「――え？」

コロの口がもぞもぞと動いたのを見て、ティアは目をまん丸にした。

「コ、コロ？　しゃ、喋《しゃべ》れるようになったの⁉」

「オレが喋れるようになったというより、お前が聞こえるようになったんだ」

コロが、予想外のイケボで語る。その見かけから、勝手におじいさんキャラを想像していただけに、驚きもひとしおだった。

「聞こえるようになったって、どういうこと？」

「オレの声は、強い魔力の影響下では、共鳴して響くんだ。これまでも、ずっとお前に話しかけていたんだぞ」

「強い魔力の影響下……？」

ティアはハッとしてドラークを見た。今しがた、ドラークが魔導士だったことが判明したばかりだ。

ドラークも、ティアと同じく驚いたようにコロを凝視している。

「コロ。お前、精霊だったのか……。高貴な精霊には実体があり、動物のような姿をしていると聞いたことがあるが、まさか本当だったとは」

「コロが高貴な精霊ですって⁉」

ティアは、改めてコロをまじまじと観察する。

相変わらず、コロンとした黒い毛玉のような見かけ。モフモフすぎて目がどこにあるか分かりにくいが、そこがまたかわいい。

「世界一かわいい犬にしか見えないわ」

「褒められるのは悪くないが、オレは犬じゃなくて偉大なる太陽の精霊だ」

照れつつも、ゲフンと咳払《せきばら》いをしてコロが言った。

「太陽の精霊⁉」

ティアは耳を疑った。

太陽の精霊は、精霊の中でも群を抜いて希少な存在だ。

マクレド王国の長い歴史においても、加護を受けた者は大昔に数える程度いただけで、五百年近く現れていないと聞く。

「かわいいけど真っ黒だし、どう見ても太陽ってイメージじゃないけど〜」

「見かけで判断するのは低能な人間のすることだ。オレが守護しているお前が触れることによって、その男の体は浄化されて魔力が戻った。だからオレの声がお前たちに聞こえるようになったんだ」

太陽の精霊は、まるで陽を照らすように、守護する者の周囲の人間を浄化したりエネルギーを与えたりする――文献で読んだ内容を、ティアはまた思い出した。

「コロの言っていることは本当だ。黒魔術によって奪われた俺の魔力は、何をやってももとに戻らなかった。とっくにあきらめていたのに、奇跡としか言いようがない」

ドラークはいまだに興奮状態だった。彼のこんな様子を見たのは初めてだ。

ティアは頭の中で状況を整理した。

「つ、つまり私は……〝精霊なし〟ではなく、太陽の精霊の加護を受けているってことなの？」

「ああ、そうだ。あの山でオレに出会わなかったら〝精霊なし〟のままだっただろうがな。人間とともにいるのが面倒で、長い間あの山にこもっていたが、そろそろ誰かを守護するのも悪くないと思っていたところにお前が現れたんだ。〝精霊なし〟だしちょうどいいと思ってついてやったわけだ」

どうだと言わんばかりに、コロがモフモフの胸を張る。

ティアは困惑した。

「でも私、精霊の加護なんてまったく受けてないんだけど」

「何を言う。人間の怪我を治してきたではないか。元恋人の傷もお前が治したんだ」

「元恋人の傷……？」

苦い気持ちとともにアベルの顔が頭によみがえる。

「私が治したというより、〝女神の薬〟のおかげよ。お母様の形見のあの薬は、どんな怪我もたちどころに治すうえに、使っても減らない魔法の薬だもの」

もの言いたげに自分を見つめていることにコロに気づき、ティアはハッとした。

「……もしかして、あの治癒力はお母様の花の精霊の力じゃなくて、コロの力だったの？」

「ああ、そうだ。ちなみにあの薬は、ただのハンドクリームだ」

「ハンドクリーム？」

「使っても減らないのは、お前の母親の花の精霊の力だ。花からできたハンドクリームだからな。花の精霊の力は、精霊使いの死後もまれに残ることがある」

初めて知る真実に、ティアは驚き凍りついた。

「あの国に太陽が顔を出すようになったのもオレのおかげだというのに、お前たち以外の人間は、オレに干し肉ひとつくれやしない。愚かにもほどがある」

コロが、フンッと忌々しげに鼻を鳴らした。

ティアはますます混乱する。

「……え？　マクレド王国に太陽が照るようになったのは、ユリアンヌの風の精霊が雲を吹き飛ばしたからじゃなかったの？」

「何を言ってるんだ、風の精霊ごときにそんな力はない」

コロが憤慨したように言う。

コロの正体が太陽の精霊で、自分が知らずに加護を受けていたなど、簡単には信じがたい。

だがもう、あらゆる証拠が揃《そろ》っていた。

「だから、ドラークの腕の傷が、〝女神の薬〟を塗らなくても治ったのね」

「そうだったのか。――ティア。俺の傷を治したうえに魔力まで取り戻してくれて、心から感謝する」

ドラークの真摯な声で、ティアは我に返った。

「そんな、私は何もしていないわ。ぜんぶコロがしたことよ」

「何を言ってる？　君がコロの加護を受けているから、俺は救われたんだ」

「まあ、精霊は誰かを守護しないと力を発揮できないからな」

コロが呑気《のんき》な調子で言った。

「そうなのかしら……」

（ずっと〝精霊なし〟だと思っていたから、実感が湧かないわ）

ユリアンヌみたいに、誰かの感謝の気持ちを、笑顔ですんなり受け入れることなどできない。自分はやはり無能で、今のこの状態はすべて何かの間違いじゃないかという戸惑いの方が強かった。

（そういえば、コロの正体が衝撃的すぎて霞《かす》んでたけど、ドラークは魔導士なのよね。

何かが原因で魔法が使えなくなっていたなんて……いったい何があったのかしら？

しかもコロが言うには、強い魔力の持ち主みたいだし）

改めて、ドラークの顔をまじまじと眺める。

ドラークは、何かを思案するように目を伏せ、口を閉ざしていた。

金の髪と金の瞳――目の前の彼がドラークとはいまだに信じられないが、紫の瞳だった頃とは違う美しさがあって、ティアは見とれそうになる。

「久々に喋ったから疲れたな。少し寝るとするか」

コロがあくびをして、ティアの懐にモゾモゾともぐり込んだ。すぐに気持ちよさそうな寝息が聞こえ始める。どうやら本当に眠ってしまったらしい。

（こんなにかわいいのにまさか太陽の精霊なんて、やっぱり信じられない）

ティアが改めてそう感じていると、ドラークがぼそりとつぶやいた。

「ティア……マクレド王国に帰るか？」

「……え？」

思わぬ提案に、ティアは目を瞬《しばた》いた。

「国王が太陽の精霊のことを知ったら、喜んで君を受け入れるだろう。冤罪《えんざい》だって晴れるかもしれない」

「あの国に帰りたいとは思わないわ」

ユリアンヌに父王、そしてアベル。自分を蔑んだ人たちの顔が脳裏をよぎり、ティアはあたり前のようにそう答えていた。

ドラークの優しさを知った今は、彼らの非情さがよく分かる。もう二度と、あんなところに戻りたくない。

すると、ドラークが意を決したように口を開く。

「――それなら、ガイラーン王国に住まないか？」

「ガイラーン王国……？」

魔法大国であるガイラーン王国については、もちろんティアも知っている。

近年は水害の影響によって国力が衰えているものの、魔法の力によって長年最強と謳われてきた国だ。

ティアは、先ほどドラークが水魔法を使ったことを思い出してハッとする。

「もしかしてドラークは、ガイラーン王国の出身なの？」

「ああ、十七歳まで暮らしていた」

それなら、彼が強力な魔力を持っているのもうなずける。

つまり、ティアを連れて故郷に帰るつもりのようだ。

「ガイラーン王国には魔法結界があるから、簡単には追手に捕まらない。逃亡先には最適だ。国を離れて七年経ってはいるが、俺には十分な土地勘もある」

ドラークはそう言うが、ガイラーン王国が保守的な国で、魔力を持たない者の移住を認めていないことは有名な話だ。

ティアはそっとかぶりを振った。

「……でも、私は魔法が使えないから、ガイラーン王国には住めないわ」

「魔法が使えなくても、移住する方法はある。ガイラーン国民の伴侶になるんだ」

「国民の伴侶？」

「ああ。つまり、俺の伴侶になればいい」

「え、それって……」

(今、サラリととんでもないことを言われたような……。聞き間違いかしら？)

ティアがうろたえていると、ドラークが輝く金色の瞳をまっすぐティアに向けた。

「ティア、俺と結婚しよう」

ドラークにそうはっきりと口にされ、ティアは今度こそ面食らった。

「その方法が一番手っ取り早い」

「……たとえそうだとしても、私は罪人なのよ？　素性が明るみになったとき、あなたの祖国に迷惑をかけてしまうわ」

　ガイラーン王国は近年雨続きで国力が衰え、地位が揺らいできている。そんな中で他国の罪人王女を匿《かくま》ったとなると、国同士の問題に発展してもおかしくない。

　すると、ドラークが瞳をぎらつかせた。

　凍えるような冷ややかさに、ティアは思わず息をのむ。

「君はそもそも無実なんだ、気に病む必要はない。俺が必ず君の無実を証明してみせる。そのためにも、まずは伝手《つて》のあるガイラーン王国に身を寄せることが重要だ」

　ドラークのまなざしは真剣で、彼が本心でそう思ってくれているのが伝わってくる。

ティアは彼の顔を直視できなくなった。

「無実を証明するのは、きっと無理だわ。私はそういう立場なのよ……」

　皆がユリアンヌの言葉を信じる。

　ユリアンヌが『ティアは泥棒』と言えば泥棒なのだ。生まれたときからそうやって生きてきたから、息をするようにそんなふうに考えてしまう。無実を証明したいという意欲すら湧かないほどに。

　だがドラークは、引き下がるどころかますます語気を強めた。

「なぜ善良に生きてきた君が、罪人の烙印《らくいん》を押されないといけないんだ。その考えは間違っている」

ドラークの怒りの表情を目にしたとたん、ティアの気持ちはぐらついた。

（この人は今、私のために怒ってくれているんだわ。そうよ、私は無実なのよ。それは紛れもない事実だわ。――彼のこと、信じてみたい）

卑屈になっていた心が、ドラークの言葉の力によってみるみる奮い立つ。

だが、ティアはまたすぐに動揺した。最も大事なことに気づいたからだ。

「……でも、ドラークは私と結婚して平気なの？」

（結婚は人生のビッグイベントよ。ドラークは私を愛しているわけじゃないのに、こんな理由であっさり取り決めるものではないわ）

「君は、俺に魔力を戻してくれた恩人だ。君を守るためならどんな手段も厭《いと》わない。結婚は今とれる最善の手段なんだ」

そう言うとドラークは、おもむろにティアの手を取り、指先にキスをした。

騎士が主に誓いをするときの行為である。

金色の目に絡みつくような視線を向けられ、ティアの体が知らず知らず熱を帯びていく。

「逃げ切れる手段は、それしかない……のよね？」

「ああ」

ドラークが力強くうなずいた。

断れる雰囲気ではなく、ティアは困惑しているうちに、あることを閃く。

(そうだわ。もしも無実が証明されたら、私はガイラーン王国にいる必要がなくなる。

彼と離婚して、自由にしてあげればいいのよ)

——ドラークが、本当に愛する人と結婚できるように。

そのためには、たとえ何があっても、ティアは彼を好きになってはいけない。

ティアは決意を固めた。

「分かったわ。そのお話、お受けします」

◇

アベルがティアに別れを告げた日から一ヶ月が過ぎた。

マクレド城内にある騎士団の訓練所で、アベルは騎士のひとりと対峙していた。

実戦を想定した模擬訓練で、騎士団長も交えて執り行うのが決まりとなっている。

——キンッ!!

切りかかりにいったアベルの剣があっけなく弾《はじ》かれ、地面に落下し、周囲がざわついた。

「騎士団長、また剣を弾かれたぞ」

「おいおい、先日やり合った相手はそれなりに実力があったが、今回の相手はまだ入団一年目だぞ？」

「とてもじゃないが、戦場で数々の戦績を上げた英雄とは思えないな」

好き勝手言っている声を耳にしながら、アベルは小さく舌打ちをした。

「団長、ありがとうございました」

手合わせが終わり、きちんと挨拶をする年若い騎士を、無言で睨みつける。

アベルはビクッと怯えた彼を尻目に、言葉を返すこともなく、額の汗を拭きながら訓練所の隅に移動した。

（くそっ、この頃めっきり調子が悪いな。この天気のせいか？）

アベルは桶の水をぐびぐびと飲みつつ、騎士団長専用の豪奢な椅子に横柄に腰かけ、空を見上げる。

曇天の空からは、ポツポツと雨が降っていた。また、昨日のような大雨になるのかもしれない。

ユリアンヌのおかげで、ここ十年以上、この国に雨が続いたことはなかったのに。

(馬鹿な考えはよそう。俺は天才なんだ、またすぐに調子が戻ってくるさ。そしてこの国には〝奇跡の王女〟がいるんだ。雨続きの日なんかすぐに終わって、気候も安定してくるはずだ)

そう自分自身に言い聞かせ、どうにかして気持ちを落ち着かせようとしていたとき。

「今の騎士団長なら、ドラークの方がよほど強かったな」

そんな声が耳に飛び込んできて、アベルは凍りついた。

「ドラークが騎士団長になった方がよかったんじゃないか?」

「おい、口を慎め! あいつは悪魔でしかも罪人だぞ!」

たしなめられているようだが、もう遅い。アベルは憤りあらわに立ち上がると、話をしている騎士たちの前まで乱暴な足取りで歩み寄った。

「おい、今何か言ったか?」

「い、いえっ! 何も言っておりません……!」

高圧的に見下ろせば、騎士たちは目に見えて青ざめ、声を震わせた。

「嘘をつくな。俺の耳には、罪人を擁護する声がしっかり聞こえたのだが。お前はクビだ」

「ひ……っ！　そんな、後生ですからお許しくださいませ！　家族を養っていかないといけないのです」

「そんなの俺の知ったことじゃない。騎士団長をコケにしたのに、死罪にならなかっただけありがたいと思え。今すぐこの城から出ていき、俺の前に二度と姿を現すな」

冷たく言い放つと、アベルは踵《きびす》を返し、重苦しい空気が漂う訓練所をあとにした。

城へと続く回廊を歩みながら思い浮かべたのは、先ほど話題に上ったばかりのドラークの顔だった。悪魔と同じ紫の瞳を持ち、戦場では血まみれになりながら狂ったように剣を振るう残虐な男。

不吉な目の色の持ち主を騎士団が雇用したのは、その桁外れの強さからだった。だが頭の方は愚鈍なようで、コミュニケーション力は皆無。上役には適していないと判断され、何年経っても下級騎士止まりだった。

（しかもティアを庇って逃亡したなど、とことんまで馬鹿な男だな）

アベルの秘密の恋人だったティアに、ユリアンヌの所持品を盗んだ罪で捕縛命令が下ったのは、先月のことだった。ところがその場に颯爽《さっそう》と現れたドラークがティアを庇い、一緒に逃げ出したらしい。

ふたりの行方はあれ以来ずっと追わせているが、いまだ捕縛に至っていない。

（〝恥さらし王女〟と〝悪魔騎士〟、ぴったりなふたりだ。最下層の者同士、惹かれ合うものがあったのかもしれないな。だが精霊部隊の力をもってすれば、捕まるのは時間の問題だ。一応は王女であるティアはともかく、あの憎たらしい悪魔騎士は処刑を免れないだろう）

マクレド王国には、精霊使いの貴族女性だけで編成された精霊部隊が存在する。

精霊の声をたどってティアの居場所を探れば、やがて見つかるのは目に見えていた。

身分を偽ったり変装したりしても、精霊の目をあざむくことはできない。

（ティアみたいな女に引っかかって、ドラークも気の毒に）

アベルは肩を揺らしてクツクツと笑った。

ティアがどれほど強欲な女かは、ユリアンヌから聞いたので知っている。

ユリアンヌのものを強奪したり、彼女の境遇をうらやんで口汚く罵ったり。

マクレド王国の女性王族として生を受けながら、哀れな〝精霊なし〟なのは、穢らわしい性格ゆえ精霊の女神デルフィオーネに見放されたからだろう。

（出会った頃はかわいいと思ったのにな。ユリアンヌ殿下のおかげで、目が覚めてよかったよ）

前方から人影が近づいてきた。

噂をすればなんとやら、今日もまぶしいまでに美しいユリアンヌが、いつも傍に侍《はべ》らせている侍女を引き連れ、アベルの方に歩いてきている。

光り輝く金色の髪に、煌《きら》めく青い瞳。曇天の空をも清らかにするような清純な美しさに、アベルはしばらくの間見とれた。

立ち止まり、胸に手を当てて騎士の礼をする。

「ユリアンヌ殿下にご挨拶申し上げます」

「アベル。ちょうどいいところで会ったわ」

ユリアンヌが青いドレスの裾をひらめかせながら駆け寄ってきた。

「最近、剣の腕前が衰えていると聞いたわ。大丈夫？　どこか体が悪いの？」

「ご心配をおかけして申し訳ございません。騎士団長に昇進して間もないため、少々プレッシャーを感じているようでして、そのうち落ち着くことと思います」

アベルは背中に冷や汗をかきつつ、どうにか笑顔を浮かべる。

まさか、ユリアンヌのもとまでその噂が届いているとは、思いもよらなかった。

「そうなの？　それならよかったわ」

ユリアンヌが、花がほころぶように笑う。

アベルの新しい婚約者は、どんなときでも美しい。

「でもね、それを分かっていない人が多いのも事実よ。あなたのよくない噂を耳にして、胸を痛めていたの。それでね、あなたのために、いいものを用意したの」

「いいもの、ですか？」

アベルが首をかしげると、ユリアンヌは「ここではちょっと」と彼を自分の部屋に誘った。


初めて入るユリアンヌの部屋は、一級品の白い高級家具で統一されており、いい匂いがした。

ティアのみすぼらしい家とは、あまりにも違う。花園のような空間にアベルが恍惚《こうこつ》と目を奪われていると、ユリアンヌが棚から小瓶を取り出してくる。

透明な瓶の中身を見て、アベルはぎょっとした。

見るもおぞましい赤い芋虫が入っていたからだ。

「……っ！　それはなんですか⁉」

「ガイラーン王国産の芋虫魔獣よ。あなたのために、秘密のルートで仕入れたの。魔法の影響で今は小さいけど、瓶から出せば巨大化して暴れるわ」

まさかの事態に、アベルは絶句した。

魔獣の取引は法律で禁止されている。その罪を犯してまで、こんな清廉な王女が、このまがまがしい生き物を手に入れたということなのか。

アベルは怖々問いかけた。

「……それを、どうなさるおつもりですか？」

「この魔獣を人目につくところに放つの。みんな、パニックになって大騒ぎするわ。そんな中でアベルがひとりで倒せば、また英雄と称えられるはず。名誉を回復できると思うのよ」

いつもと変わらぬ穏やかな調子でユリアンヌが言った。

「その魔獣を、俺がひとりで……倒すのですか？」

アベルはぞぞっと背筋を震わせた。虫は大の苦手である。

「大丈夫、倒し方は簡単なの。頭を剣で突けば、一撃で倒せるらしいわ」

「で、ですが……」

（ユリアンヌ殿下は心優しいお方だから、俺のために、危険を冒してまで策を講じてくれたんだ。それは分かっているが）

「怪我をしても、私があの薬で治してあげるから心配しないで」

ユリアンヌににっこりと微笑まれ、アベルはようやく閉口した。

薬とは、ティアから取り返した〝女神の薬〟のことだろう。強欲なティアはあろうことか、母の持ち物をほとんど我が物にしておきながら、ユリアンヌが唯一譲り受けたあの薬ですら無理やり奪ったらしい。

(〝女神の薬〟はどんな傷も治してしまう驚きの薬だ。俺もこの体で実感したから間違いない)

ホッとしたアベルは、ようやくユリアンヌの提案を受け入れることにしたのだった。

翌日、ユリアンヌはマクレド城内でもっとも人通りの多い回廊に、芋虫魔獣を放った。

目論見《もくろみ》どおり、突然の魔獣の出現に人々はパニックに陥り、悲鳴を上げて逃げ惑った。アベルはたまたま通りかかったという体で、芋虫魔獣の成敗に乗り出す。

だが思ったように急所を狙えず、どうにか芋虫魔獣を倒したときには、体中に傷を負っていた。

部屋に運ばれたアベルの傷口に、ユリアンヌはすぐに〝女神の薬〟を塗ってくれた。

ところが。

「い、いててて……!」

「あら？　アベル、まだ痛いの？」

「い、痛いです……」

（むしろ悪化している。塗らなかった方がマシだったくらいだ。ティアが塗ってくれたときは、立ちどころに痛みが消えたはずなのに）

「しっかり塗り込んだのに、おかしいわね」

苦悶の表情を浮かべるアベルを見て、ユリアンヌが首をかしげている。

「ごめんなさい、アベル。少しだけ痛みに耐えて。ひと眠りしたらよくなるかもしれないわ」

「わ、わかりました……」

「とにかく城は今、魔獣をひとりで倒したあなたの噂で持ちきりよ。だから安心して」

ユリアンヌが、いつものように可憐《かれん》に微笑む。

「ゆ、ユリアンヌ殿下のご尽力に、感謝いたします……」

どうにか声を絞り出したものの、アベルはもう限界だった。

（めちゃくちゃ痛い……。どうしてこんなことになったんだ？）

そんなことを思いつつ、アベルは痛みに意識を奪われるかのごとく深い眠りに落ちていった。

第三章　ドラークの正体

金髪金眼の本来の姿を取り戻したドラークは、コロを間に挟んでティアと同じベッドに横になりながら、彼女の寝顔を眺めていた。

長い睫毛《まつげ》にふっくらとした愛らしい唇。

遠い存在だと思っていた彼女が、こんなにも近くにいることに心が躍る。

(ずっと見ていても飽きない)

知らず知らず、彼女を求めるように、ピンク色の髪へと手が伸びていた。

だが、触れる直前でビクッと手を止める。

そして唇を引き結び、瞳をほの暗く光らせた。

(俺のような男に、彼女に触れる資格はない)

無能がゆえに故郷を追い出され、悪魔と呼ばれるまでになり下がった彼に、ティアは釣り合わない。だからこそ、決して表立たずに、陰から彼女を見守り続けていた。

それなのに、こうして目の前にいると、欲しくて仕方がなくなる。

ドラークは、ここに至るまでの彼の過去に思いを馳せた。

オクタヴィアン・ドラーク・ガイラーン――それが、ドラーク・ギルハンの本当の名前だ。

オクタヴィアンは、魔法大国であるガイラーン王国の第一王子として生を受けた。

彼が生まれた日、太陽がふたつ空に浮かぶ超常現象が王国を騒がせたのは有名な話だ。千年に一度といわれるその現象が起こった日に生まれた赤ん坊は、将来大業を成し遂げると伝えられている。

生まれつき桁外れの魔力を持っており、聡明で優しく、誰からも慕われていたオクタヴィアンは、人々の期待を裏切ることなく成長した。王族だけでなく、国中が彼の将来に夢を膨らませた。

十二歳になる頃には、魔法でオクタヴィアンの右に出る者はいなくなった。ガイラーン王国始まって以来の天才最強魔導士。それが、オクタヴィアンの二つ名となった。金の髪と金の瞳、太陽のように神々しい美しさで、少年の頃から国内外の女性を虜にもしてきた。

だが十七歳になって間もなくの頃、オクタヴィアンは重篤な病に倒れ、いっさいの魔力を失う。理由がどうであれ、魔法大国ガイラーンの王族が魔法を使えないのは恥辱とされた。

そのうえ病のせいで金色だった髪は真っ黒になり、瞳も紫色に変色した。古《いにしえ》の悪魔と同じ風貌と化したオクタヴィアンは、天才最強魔導士から一転して、ガイラーン王室の厄介者となった。

そのためオクタヴィアンは、王太子の座を八歳年下の弟ダニエルに譲り渡し、ガイラーン王国を出ることに決めた。父も弟もオクタヴィアンを止めようとしたが、彼の決意は揺るがなかった。

旅の途中、歴史ある国で見つけた書物から、オクタヴィアンは自分の魔力を奪ったのが病ではなく黒魔術だったと知る。

その後あらゆる黒魔術に関する書物を読みあさったが、黒魔術によって封じ込められた魔力を取り戻した前例は見つからず、絶望に突き落とされた。

ドラークに黒魔術をかけた犯人の目星はついていた。王妃マレタである。

マレタはオクタヴィアンの母の死後、父王が迎えた後妻であり、弟ダニエルの母だった。前々からオクタヴィアンは、マレタがダニエルに皇位を継がせたがっていることに勘づいていた。それでも、まさか黒魔術という姑息《こそく》な手を使うとは思ってもいなかった。

とはいえ国を出た身では証拠を集めることはかなわず、犯人が明るみになったところで魔力を取り戻す方法が見つかるわけでもない。

生まれついての幸運に恵まれた、憎しみを知らない光の王子は、わずか一年のうちに悪魔の申し子へと落とされた。

その後は亡き母の親戚筋の姓を借りてドラーク・ギルハンと名乗り、剣の道に生きることを決めた。

意外にもドラークには剣の才能があり、マクレド王国民になりすましてマクレド王宮騎士団に入団してから、みるみる頭角を現した。

だが黒魔術の抗えない力によって、戦地では自分の意思とは関係なく、貪欲に戦いを求めてしまう。ドラークの我を忘れた立ち回りを見た仲間たちは恐れ、近づかなくなった。

人を切れば切るほど、さらに化け物へと近づいていく。戦いが終わったあとはいつも、己の喉を締め上げたくなるような虚しさだけが残った。

（ティアの存在だけが、俺の希望だったんだ）

ドラークは、戦地から帰って町で行き倒れた際、ティアの優しさに救われてからの記憶をたどった――。

戦地に駐在していないときは、王都の巡回が、ドラークの主な仕事だった。

ティアに救われてもう一度あの笑顔が見たいと思うようになってから、ドラークは巡回の際、無意識のうちに彼女を見守るようになった。

ティアの屋敷のそばを何度も通り、彼女に出くわした際は、こっそりと背後を守った。

ティアの清い心を知れば知るほど、ドラークはどんどん彼女に惹かれていった。

ティアは王女とは思えないほど慎ましやかな生活をしていた。市場に行っても、買うのは必要最低限のものばかり。というのも、王宮から支給されている資金のほとんどを、孤児院に寄付しているからだった。

ティアが買う中でもっとも高値なのは、コロの高級干し肉である。

『めったに買ってあげられなくて、ごめんね』

『モウン！』

屋敷の庭先でそんなティアとコロのやり取りを見て以来、ドラークは迷惑にならないような頻度で、高級干し肉を差し入れするようになった。ティアに余計な気を使わせたくはないので、贈り主が自分だとは分からないように。

幸い、彼女に気づかれることはなかった。

だが、コロは違った。

『モウン、モウン！』

ティアが見ていないところで、ドラークに尻尾を振りながら近づいてくるコロは、高級干し肉の送り主が誰かを分かっているようだった。

『賢い犬だな』

そのたびにドラークはコロを抱きしめ、こっそりモフモフを堪能した。彼女もこうしてコロにモフモフしているのかもしれないと、ひそかに期待しながら。

ティアが道を歩きながらひとりで泣いている姿を目撃したこともある。

いつも笑顔を浮かべている彼女の裏の顔を見て、ドラークは激しく心を痛めた。

——能力がないせいで城から追放されたんだ。傷ついていてあたり前だ。

自分に通ずるものを感じて、ドラークの胸に、ますます彼女を守りたい気持ちが込み上げた。

それ以上は求めていなかった。

ただ、ティアを陰からひっそり守れればいいと思っていた。

——それなのに。

『やあ、ティア。遅くなってごめん』

『いいのよ、アベル。さあ、中に入って』

あるときティアの家に出入りする男の姿を見かけ、衝撃を受ける。

アベル・デロイ・カッツェルはマクレド王宮騎士団所属の、ドラークの同胞だ。ふたりが恋人同士なのは明らかで、ドラークは天から地に突き落とされた気分になった。

女神のような彼女に触れることのできる男がいるなど、許せなかった。

一方で、〝悪魔騎士〟と恐れられる自分では彼女には釣り合わないと、分かってもいた。

ドラークははち切れそうな嫉妬心を必死にこらえ、彼女を見守り続けることにした。

叶わぬ恋に身を焦がす日々は、苦しかった。

——彼女が幸せならそれでいい。

柄にもなくそう自分に言い聞かせ続けていたのに、あるとき風向きが変わる。

『ユリアンヌ殿下とアベル騎士団長の婚約が決まったらしい。近々発表されるようだ』

宿舎の食堂で、同僚たちのそんな会話を耳にして、ドラークは凍りついた。

『さすが百戦錬磨の英雄だな！　子爵家の三男が王配になるなんて夢があるよ』

——婚約だと？　ティアのことはどうするつもりなんだ？

アベルは恋人がいることを公言していなかった。ティアという恋人の存在を隠したまま、降って湧いた良縁に食らいついたというわけか。

怒りから、ドラークの呼吸が浅くなる。

『いや～、アベルがうらやましい』

『この国に太陽の光をもたらした〝奇跡の王女〟と英雄の結婚だ。これまでにないほどの盛大な式になるだろうな。それに引き換え、ティア殿下の噂を聞いたか？』

ティアの名前が飛び出し、ドラークは耳をそばだてた。

『ユリアンヌ殿下の私物を盗んだらしく、先ほど第三部隊が捕縛に向かったらしいぞ』

『強欲な〝恥さらし王女〟のやりそうなことだな。ユリアンヌ殿下と姉妹とは到底思えない』

ドラークは、怒りで目の前が真っ暗になるのを感じた。

そしてそのまま宿舎を飛び出し、ティアの屋敷に向かって全速力で駆け出したのだ──。


──魔力を取り戻したとき、ドラークのよどんでいた世界は光をまとい、すべての音が弾んで聞こえた。魔力のみなぎる体は浮遊しているかのように軽かった。

生まれてからずっと魔力を保持したままだったら、この感覚には気づかなかっただろう。一度失ったからこそ、桁外れの魔力の尊さが分かるようになったのだ。

コロのことは、出会ったときから妙に惹かれる犬だとは思っていたが、まさか太陽の精霊で、ティアが加護を受けていたとは思いもよらなかった。

ドラークはティアを女神のようだと思っていたが、まさかの本物の女神だったらしい。

――この先は彼女のためだけに生きたい。

そもそもティアはドラークにとって特別な人だったが、よりいっそう揺るぎない存在になった。

彼女のいない人生など、もはや考えられない。

そんな一心から、ドラークはガイラーン王国にティアを連れていくことを決めたのだ。

ティアを救い出してから、ドラークは逃亡先を決めかねていた。

長い間騎士団にいた彼は、マクレド王国の精霊部隊の追跡能力がいかに優れているかを知っていた。

精霊の声をたどることによって、追跡対象となった人物は、身を隠そうと姿を変えようと、いずれ追いつかれる。逃げ続ければ追いつかれずに済むかもしれないが、華奢なティアの体力を思えばそういうわけにもいかなかった。

だがガイラーン王国には魔法結界があるから、マクレド王国の精霊部隊でも簡単に入ることができない。

彼らがもたついているうちに、ドラークは王子としての地位を利用してマクレド王国の内情を調べ上げ、ティアの無実を証明する気でいる。

ティアをガイラーン王国に連れていこうと決めたとき、ドラークはこの状況を最大限活用する方法を思いついた。

そしてどさくさにまぎれ、ティアにプロポーズしたのだ。

『ティア、俺と結婚しよう』

案の定ティアは戸惑っていた。

彼女は、いまだ心の中でアベルを想っているのだろう。

アベルといるときの彼女は、本当に幸せそうだったから。

だが結婚はあくまでも、ガイラーン王国に身をひそめるための手段にすぎないと伝えると、戸惑いながらも受け入れてくれた。

その瞬間、ドラークの心は、ついに彼女を自分のものにできる喜びに満たされた。

ティアは形式的な結婚だと思っているようだが、ドラークはもちろん、この先も彼女を手放す気はない。

ドラークにとって彼女は魔力を取り戻してくれた恩人だ。その恩人が今も元恋人を想っているのは百も承知だが、ドラークから離れていくなら、彼はすべてを投げ打ってでも彼女を取り戻しにいくつもりでいた。

ドラークは今、暗闇に咲いたティアという一輪の花だけを求めて生きている。

◇

ティアとドラークは、さっそくガイラーン王国を目指すことにした。

ガイラーン王国までの道のりは遠い。何度も馬車を乗り継ぎ、宿に泊まり、大陸の中心へと向かっていく。

移動中、ドラークは絶対にティアを手放そうとしなかった。

抱いているか、膝にのせているか、手をつないでいるかのどれかである。

そのうえ宿に泊まるときはいつもティアのことを『妻だ』と紹介するから、そのたびにティアは赤らんだ顔を隠さねばならなかった。いずれそうなる設定ではあるため、間違いではないのだが……。

ティアの影響で魔力が戻ってから、過保護度合がアップしているのは気のせいではないだろう。

『君は、俺に魔力を戻してくれた恩人だ。君を守るためならどんな手段も厭わない。結婚は今取れる最善の手段なんだ』

そう言って、輝かしい金色の目でティアを見上げ、忠誠を誓ったのだから。

とはいえティアにはいまだドラークを救った実感も、実は精霊使いだった自覚もなく、戸惑う日々が続いていた。そして真っ黒でモフモフのかわいい愛犬が、高貴なる太陽の精霊だという事実も、受け入れ切れていない。

「お前、オレが本当に太陽の精霊なのか疑っているだろ？」

ガイラーン王国まであと少しのところにある村の宿で、コロのお腹を撫でながら食糧の調達に行ったドラークを待っていると、急にそんなことを聞かれた。

「コロって、心の中も読めるの？」

「オレとお前の長い付き合いだ。考えていることはだいたい分かる」

偉そうな口をききながらも、コロはお腹を撫でられてうれしげに尻尾を振るのをやめない。

コロのイケボと俺様キャラにも、ようやく慣れてきた。それにこうして話ができるようになってうれしい。

「そういえば、ドラークは今いないのに、どうしてコロの声が私に聞こえるの？ ドラークの魔力の影響で、コロの声が聞こえるようになったんでしょ？」

「あいつの魔力は、あいつが場を離れたあともしばらく残っているくらい濃厚なんだ」

「やっぱりガイラーン王国出身の人の魔力は、質からして違うのね」

ティアは感心したように言った。

ティアがガイラーン王国の人間に会うのは、ドラークが初めてだ。

ガイラーン王国民は、異常なまでに保守的で、自分たちの魔法の力が国外に出ることを嫌う。そのためガイラーン王国出身の者が他国で暮らしている例は少なく、他国で彼らは幻のような扱いを受けていた。

そんなガイラーン王国の王子が、九年前、マクレド王国で開かれた舞踏会に訪れた際は大変な騒ぎとなった。

市井で暮らしていたティアの耳にも届くほどで、その美貌にユリアンヌをはじめ、多くの令嬢が虜になったという。

「あの男の隠された魔力には、うすうす勘づいていたがな」

「えっ？ コロ、ドラークの魔力に、前から気づいてたの？」

「ああ。オレはこう見えて、精霊ヒエラルキーの頂点にいるんだぞ。たとえ呪いで魔力が封じられていても、感じるくらいはできる」

「すごい、コロ。さすがね！」

コロが、照れたようにスンッと鼻を鳴らす。

「まあな。だがそもそも、あいつの魔力は今まで感じたこともないくらい上質だ。ひょっとすると高位貴族かもしれないぞ。ガイラーン王国の高位貴族の魔力は桁外れだからな」

「ドラークが、高位貴族？」

（だとしたら、両親の許可もなく私と婚約なんかしたら、大問題になるんじゃないかしら？　保守的なガイラーン王国の高位貴族と、王女とはいえ外国人……しかも罪人の私との結婚が、歓迎されるわけがないもの）

ティアは、急に不安に襲われる。

（ううん、ドラークが高位貴族だと決まったわけじゃないわ。どうか、たいした家門じゃありませんように）

心の中でそう願うしかなかった。

たどり着いた魔法大国ガイラーンへの関所には、七色に輝く魔法壁が、国境に沿って遠くまで伸びていた。

無断で通る者を切り裂くその光の壁をくぐり抜けるには、国に害のない身分であることを証明しないといけない。

「身分証明書を見せろ」

ティアたち一行は、さっそく槍《やり》を持った屈強な衛兵たちに警戒の目を向けられた。

フードをかぶった長身の男と、彼に横抱きにされた病気と思わしき女、そしてその手に抱かれた毛むくじゃらの黒い生き物。

我がことながら、怪しいことこの上ないとティアは思う。

(ドラークは国を出てから七年も経ってると言ってたけど、身分を証明するものなんか持ってるのかしら?)

ハラハラしながら様子を見ていると、ドラークが懐から何かを取り出した。

花の紋章の刻まれた銅製の髪飾りである。

「これは、ウェルナー公爵家の紋章が刻まれた髪飾り……!?」

衛兵たちが、驚いたように声を上げた。

「もしや、ウェルナー公爵家と関係のあるお方ですか?」

「この顔に見覚えはないか？」

ドラークがフードを上げ、金色の目をすがめた。

「……っ！　も、もしや、あなたは……！」

とたんに衛兵たちは目を見開き、焦ったようにドラークに道を譲る。

「お、おかえりなさいませ……!!　どど、どうぞお通りくださいっ!!」

（今、公爵家の紋章がどうとか言ってなかった？　もしかしてドラークは、公爵家の子息なの⁉）

公爵といえば、高位貴族の中でも最上位であり、ティアは本気で慌てる。

（いったいどんな豪邸に連れていかれるのかしら……）

降りしきる雨の中、緊張しつつドラークに連れていかれたところは、ティアの予想をはるかに超える場所だった。

ただでさえマクレド王国とは比べ物にならないくらい広大な王都の、さらに一番目立つ建物――頑丈な石壁に囲まれた壮大な城に、ドラークは迷わず入っていく。

ティアは、胸に抱いたコロにこっそり話しかけた。

「……ねえ、コロ。ガイラーン王国は裕福だから、王族じゃなくてもこんなお城が持てちゃうのかな？」

「そんなわけがないだろう、マクレド城の五倍はある。どう見ても王城だ」

「だよね……」

(ドラークはいったい何者なの⁉)

その答えは、まるでドラークを歓迎するように門前で待ち構えていた、銀色の騎士服に身を包んだ強面の騎士の声によって発覚した。茶髪に無精ひげの、三十代くらいの男である。

「オクタヴィアン殿下、先ほど部下から報告を受けました。よくぞお戻りになられました！」

「久しぶりだな、ヴィクトル」

ヴィクトルと呼ばれた男が、強面に不似合いな涙顔で、ドラークに駆け寄る。

「なんと、元のお姿に戻られているではないですか！　もしかして、魔力も戻ったのですか⁉」

「そうだ。奇跡が起こったんだ」

ティアは半ば放心状態だった。

(オクタヴィアンってまさか……あのガイラーン王国きっての最強魔導士と名高いオクタヴィアン殿下のこと？　ユリアンヌがひと目惚れして忘れられなかったっていう)

ヴィクトルが、ティアに視線を向けた。

「おや？　こちらの女性はどなたですか？」

「俺の婚約者だ。名をティアと言う」

「こ、婚約者⁉」

ヴィクトルの強面がさらに険しくなり、ティアは逃げ出したい気分になった。

(仮とはいえ婚約者っていうだけでも気が引けるのに、よりにもよってドラークの正体がオクタヴィアン殿下だったなんて。素性以前に地味なこの見た目で不釣り合いだし、追い出されるに決まってるわ)

ところがティアの懸念とは裏腹に、ヴィクトルはパアッと明るい笑顔を浮かべた。

「ようこそ、ガイラーン王国へ。私は騎士団長のヴィクトルと申します。あなたが孤独なオクタヴィアン殿下を支えてくださったのですね！　ああ、ありがとうございます、ありがとうございます！　心よりお礼を申し上げます！」

大きな体で何度もペコペコと頭を下げられ、ティアは戸惑うばかりだった。

「あ、いえ、そんな……」

「ティアのおかげで俺の魔力は戻ったんだ。詳しいことはまたあとで話す」

「なんと、それは素晴らしいお相手をお見つけになりました！　国を挙げて盛大な結婚式をせねばなりません！　すぐにでも陛下に知らせてまいります！」

そのままヴィクトルは、踊るような足取りで城の中へと駆けていった。

ヴィクトルのいなくなった門前で、ティアの腕の中にいるコロがつぶやく。

「見た目と違って腰の低い男だな」

ティアは呆然とドラークを見上げた。

「ドラークって、オクタヴィアン王子だったの……？」

「ああ、そうだ。がっかりしたか？」

ドラークが、金色の目を不安げに揺らした。

「いいえ、驚いただけよ。オクタヴィアン王子は、マクレド王国でも有名だったから……」

「嫌じゃないならよかった。今までどおり、ドラークと呼んでくれていい。亡き母がつけてくれた、俺のミドルネームなんだ」

「……それなら、ふたりきりのときはドラークと呼ぶわ」

「ふたりきりのとき……？」

ドラークはなぜか、顔を赤らめながらティアの言葉を反芻《はんすう》すると、咳払いをする。

「では、すぐに父上のもとに行こう。ヴィクトルが先に伝えてくれているから、話が早いはずだ」

「え、ええ……」

ドラークの父とはつまり、ガイラーン国王のことである。

ティアは今さらながら生きた心地がしなくなった。

ティアがドラークとともに逃亡した日から、一ヶ月が経っている。

ガイラーン王国はマクレド王国から遠いとはいえ、王女が追われている話はさすがに届いているだろう。

（いくら私の影響でドラークの魔力が戻ったとはいえ、国王陛下は結婚には反対なさるんじゃないかしら？　だってマクレド王国から逃亡中の私を迎えても、ガイラーン王国には何の利益もないもの）

「ドラーク、ちょっと気になることがあるんだけど……」

「どうした？」

「ドラークが婚約者として連れてきた私が、マクレド王国の罪人王女だと知ったら、お父様はがっかりなさるんじゃないかしら？」

不安をあらわにそう言うと、ドラークが優しい目をした。

「心配するな、ティア。君はそもそも罪人ではないんだ。それどころか、その力で俺を救ってくれた。だから堂々としていればいい」

ドラークが、迷いのない口調で言う。

「何があっても俺が守るから。信じてほしい」

ドラークの力強い声に導かれるように、ティアはこくりとうなずいた。

「分かったわ」

「じゃあ、行こうか」

「――はい」

ティアは心臓がドクドクと鳴るのを感じながら、ドラークの逞しい背中を追いかけるようにして、城の中へと入っていった。

ガイラーン城の内部は、マクレド城とは比べ物にならないほど豪華だった。

手すりに見事な彫刻の施された階段に、まばゆい光沢を放つ大理石の床。天井には魔法の神々の歴史を描いたフレスコ画が描かれ、彫刻や壺《つぼ》などの装飾品は見たことがないほど洗練されている。

案内された謁見《えっけん》の間も、ステンドグラスのアーチ窓が並ぶ、魔法の国ならではの幻想的な空間だった。だがあいにくの雨模様のせいで、ステンドグラスの色がくすんで見える。

玉座の後ろに掲げられた大きなタペストリーには、ガイラーン王国のシンボルである太陽と月の紋章が施され、威厳を放っていた。

コロは周りの様子をうかがっているようで、ティアの懐に身を隠して静かにしている。

――そして。

「オクタヴィアン、会いたかったぞ！」

謁見の間に姿を現した国王は、玉座に向かう前にドラークのもとに行き、涙ながらに彼を抱きしめた。その光景だけで、国王がいかに息子を愛し、身の上を心配していたかが分かる。

「ご心配をおかけして、申し訳ございませんでした」

「すべてヴィクトルから聞いておる。そなたがオクタヴィアンに魔力を取り戻してくれた婚約者だそうだな！　歓迎するぞ、ティア殿」

白髪交じりの金髪に金茶の瞳をした国王が、ドラークの隣にいるティアに視線を移し、驚いた顔をした。

「おおっ、なんと美しい！　そなたは、まさにオクタヴィアンの女神だな！」

「こ、光栄に存じます。ティア・ルミーユ・マクレドと申します」

思わぬ評価を受けて動揺しつつ、ティアはどうにか挨拶をした。これでも一応は王女で、淑女教育を受けてきた身。所作にはそれなりに自信がある。

そんなティアに向けて、ガイラーン国王が相好を崩した。

（マクレドと名乗ったのだから、私がマクレド王国から逃げてきた罪人王女だと気づいていらっしゃるはずよね？　それなのに、こんなに歓迎してくれるの……？）

ティアが動揺していると。

「兄上、ご無沙汰しております」

明朗な声とともに、長い銀髪を後ろでひとつに束ねた青年が現れた。

髪と同じ銀色の瞳は一見して穏やかそうだが、利発さも兼ね備えている。見た目で、ドラークとはかなりの年の差があることがうかがえた。

「ダニエル、元気そうだな」

ドラークが青年に向けて微笑んだ。

「魔力が戻ったと聞きましたが、本当なのですか……？」

「ああ、本当だ。俺の婚約者のおかげでな。彼女が俺の婚約者のティアだ」

ドラークが、ティアの肩を軽く抱く。ここに来る道中ずっと病人のフリをしていたため、抱き上げられたことは何度もあるが、肩を抱かれたのは初めてだった。

まるで恋人のような扱いを受け、ティアは思わず顔を赤らめる。

(婚約者のフリをしているんだもの、当然よ。これくらいでうろたえてはいけないわ)

「ティア、弟のダニエルだ」

「はじめまして、僕はダニエルと申します」

「はじめまして、ティアです」

「あなたが兄をお救いくださったのですね。聞くところによると、マクレド王国の王女だとか。心よりお礼申し上げます」

ダニエルに深々と頭を下げられ、ティアは動揺した。

「そんな、私なんかに頭をお下げにならないでください」

「なぜですか？　あなたは兄上の救世主なのですよ？　そのうえ太陽の精霊使いでいらっしゃると聞きました」

ダニエルのその声に反応したのか、コロがティアの懐からぴょこっと顔を出した。

「モウン、モウン！」

どうやら、『ここにいる』と言っているようだ。だがダニエルには通じるはずもなく「おや、かわいい犬ですね。ティア様の飼い犬ですか？」と目を細められた。

「え、ええ……」

「そのような丸々とした犬を見るのは初めてです。マクレド王国には変わった犬がいるのですね」

（まさか、コロが精霊とは夢にも思っていないようね）

そのとき、カツンというヒールの音が、謁見の間の賑《にぎ》わいを引き裂くように鳴り響いた。

ダニエルによく似た銀色の髪を持つ女性が、無表情でティアの方に近づいてきている。胸元の大きく開いたブルーグレーのドレスに、赤い唇の、妖艶な美女だった。

ドラークの表情にスッと影が差す。

「義母上《ははうえ》、お久しぶりでございます」

どうやら王妃のようだが、ドラークと似ているところはひとつもない。だが、ダニエルにはよく似ていた。ドラークとダニエルの年は離れているようなので、もしかすると彼女は国王の後妻で、ドラークとは血のつながりがないのかもしれない。

「オクタヴィアン。その者がお前の魔力を取り戻したというのは本当なの？」

「はい、左様にございます」

「うさんくさい話だわ。盗みを犯してマクレド王国から追われているという王女でしょ？　あなた、騙されているんじゃなくて？」

ティアは、サアッと青ざめた。

やはりその話は、遠いこの地まで届いていたらしい。

ティアの肩を抱いたままのドラークの手に力がこもる。王妃を見つめる表情は殺伐としていて、ティアはふたりが不仲なのを感じ取った。

助け舟を出したのは、意外にもダニエルだった。

「騙されてなどいません。兄上からは、たしかに以前のような強大な魔力を感じます」

王妃が、信じられないという目でダニエルを見ている。

ダニエルは何かを覚悟したような揺るぎない目で、王妃を見返していた。

（このふたり、実の親子だと思うんだけど、何かあるのかしら……？）

ティアが違和感を覚えていると、国王が声高に言った。

「私もオクタヴィアンから大きな魔力を感じる。マレタ、適当なことを言ってはならん」

国王にまで言及され、さすがに王妃——マレタは口を閉ざした。だがやがて、開き直ったように笑みを浮かべる。

「魔力が戻ったとはいえ、一時はまがまがしい悪魔の見た目をしていたのよ。いまだ病の影響を受けているかもしれない。お前がこの国にいるのは危険だわ」

するとドラークが、落ち着いた口調で答えた。

「魔力を失ったのは、病の影響ではなく、黒魔術の影響です。旅をしている中で、七年前の俺の病の原因は、黒魔術によるものだということが分かりましたので」

「黒魔術だと……⁉」

国王が驚いたように叫び、謁見の間を震撼《しんかん》させた。

「なんだ、騒々しいな」

ティアの懐の中で、コロがビクッと体を揺らす。国王の大声に驚いたらしい。

「はい。遠い南の国に伝わる黒魔術で、この国ではほとんど知られていない類いのものでした。俺をこの国から追い出したい何者かが巧みに計画し、陥れたのでしょう」

ドラークが、ゾッとするほど鋭いまなざしを浮かべる。

「なんという不届き者だ。いったい誰がそんなことをしたのだ！」

「まあ、そんな恐ろしいことを考えるなんて。信じられないわ」

国王が憤慨している横で、マレタが体を震わせていた。

すると、黙ってことの成り行きを見守っていたダニエルが厳かに声を出す。

「──兄上。その件に関しては、僕が調査済みです」

皆がいっせいにダニエルの方を向いた。

「調査済み？　ダニエル、いったい何を言っているの？」

マレタが、いぶかしげにダニエルに問う。

ダニエルはマレタとは目を合わさずに、背後に控えていた侍従を呼んで何やら耳打ちした。ほどなくして侍従が持ってきた紙の束を、ダニエルが国王に差し出す。

「七年前の兄上の病気に関する調査書です。思うところがあり、長年調査していました」

調査書に目を通した国王が、みるみる青ざめる。

「これは……どういうことだ」

国王が震えながら視線を向けた先には、マレタがいた。

覚悟を決めた顔をして、ダニエルが口を開く。

「母上が南国の黒魔術師に兄上を呪うよう依頼した親書と、黒魔術に必要な物品の購入書です。手に入れるのが少々困難で、これには奥の手を使いましたが」

マレタが息をのむような顔をした。

「それから兄上の診察記録と黒魔術による症状を照らし合わせた書類です。母上が黒魔術で兄上の失脚を目論んだことを知っている、当時の侍女ともつながっています。彼女は母上に毒殺されかけましたが、僕が助けました」

「ダ、ダニエル……いい加減なことを言わないで！」

マレタが目を血走らせ、声を荒らげる。

取り乱す母親を無視してダニエルは片膝をつくと、ドラークに向かって頭を下げた。

「兄上。どうか母上の愚行をお許しください」

ダニエルは頭を垂れたまま、すべてを語った。

七年前、十歳だったダニエルは、マレタが侍女を毒殺するところをたまたま目撃した。彼はマレタに分からないように侍女を救い出し、母親が兄を国から追放した全容を知った。

正義感の強い彼は、母親のしたことが許せなかった。母親が望むように、自分が兄に成り代わってこの国を継ぐ意思もなかった。彼は兄に比べて魔力が乏しいことを、子供ながらに自覚していたのだ。

そのため極秘に母親が犯した罪の証拠集めを始めた。

十八歳になって正式に王太子に任命される前に調書を提出し、母に罪を償ってもらい、自らも王太子の座を辞すつもりだったらしい。

「僕が王太子を辞しても、従兄はたくさんいますし、後継者はどうにでもなると考えていました。ですが、兄上が戻られたのであれば話は違います。僕は、兄上以上にこの国の次期後継者にふさわしいお方はいないと考えていますので。――兄上、どうか王太子に返り咲き、この国を引き継いでください」

ダニエルの凛とした声に、場が静まり返った。

国王はマレタのことを信じていたのだろう、あまりのショックに言葉を失っているようだ。

実の息子から告発を受けたマレタは、歯噛みしながらうつむいていた。

だが、突如ダニエルのもとまでツカツカと歩み寄ると、大きく手を振り上げる。

――バチンッ！

マレタがダニエルの頬を打つ音が、謁見の間いっぱいに響き渡った。

「この恩知らずが!!　誰のためにすべてを計画したと思ってるの!!」

「僕のためではありません。ご自身のためです。僕はずっと母上の暴走を止めたかった」

ダニエルが、瞳を潤ませながらマレタに歯向かう。

「母上。本当に僕のことを思うなら、どうか罪を償ってください」

「この役立たずめ!!　お前が優秀ならこんなこと……ぐっ!!」

わめきながらもう一度ダニエルをぶとうとしたマレタだが、途中で不自然に言葉を止めた。

「〜〜〜っ！」

喋りたくとも、まるで縫いつけられたように、口が動かないようだ。

金色の瞳を鋭く光らせたドラークが、マレタの方に手を突き出している。

ティアは目を見張った。

（もしかして、ドラークが魔法を使ったの？）

「義母上、俺にした仕打ちは、もうどうでもいい。だが、俺の大事な弟を身勝手に傷つける行為は、断じて許さない」

ドラークが、マレタへと手のひらを向けたまま、ダニエルを庇うように彼の前に立つ。

「王妃を捕らえろ！　地下牢に連行するんだ！」

「ははっ！」

ようやく妻の裏切りを受け入れた様子の国王が、怒号を響かせる。辺りの騎士たちが一斉にマレタを取り囲んだ。

「〜〜〜〜っ‼」

マレタは魔法で口を封じられたまま、憎々しげな視線を残して、騎士たちに連行されていった。

マレタのいなくなった謁見の間で、静かに涙を流しているダニエルを、ドラークが抱きしめる。

「ありがとう、ダニエル。つらい決断だっただろう。お前のような弟を持って、俺は幸せ者だ」

「兄上……再び王太子の座に就いてくださいますか？　僕は子供の頃からずっと、兄上が統治する国を見たかったのです」

「ああ、お前の意思を継いで、素晴らしい国にすると約束しよう」

「兄上……ありがとうございます……」

ダニエルが、泣きじゃくりながらドラークにしがみついた。

「ダニエル。お前の勇気に敬意を表そう。本来は私が抱えねばならなかった重荷をお前に肩代わりさせてしまい、申し訳なく思っている」

国王が神妙な面持ちで言う。

ティアをはじめ、謁見の間にいる誰もが、ダニエルの決断に胸を打たれていた。

自分の母親を告発するのは、かなりの勇気が必要だっただろう。

だが彼はその若さで、迷うことなく正義を重んじた。

「この国に着いて早々、すごいものを見せられたな」

ティアの腕の中で、コロがヒソヒソと言う。

「ええ……」

ダニエルのことを思い、ティアは心を痛めていた。ドラークたち親子三人の話が一段落したところで、ダニエルに声をかける。

「ダニエル様、頬を見せていただいてもいいですか？」

「あ、え……？　頬ですか？」

「はい。ちょっと失礼します」

（〝女神の薬〟を介さずに治すのは初めてだけど……触れればいいのよね？）

ティアは、赤く腫れた彼の頬に、そっと触れてみる。〝女神の薬〟を塗るときいつもしていたように念じると、手のひらが白く光り、瞬く間に頬の腫れが引いていった。

「なんてことだ、ダニエル殿下の怪我が治ったぞ！」

「希少な治癒魔法が使えるとはすばらしい！　国王陛下が言われていたように、オクタヴィアン殿下の婚約者様は、まさに女神だ！」

宮廷人や騎士たちが、いっせいに騒ぎ立てている。

自分の頬に触れながら、呆《ほう》けたようにティアを見ているダニエルと目が合った。

(よかった。本当に治せたわ)

ティアはホッと息をつくと、ようやく表情を和らげたのだった。

◇

ドラークは長年、本音では魔力が戻ることを望んでいた。

強大な魔力は、ガイラーン王国の王族として生まれた彼の誇りだったからだ。

だが、再び王太子に返り咲くことを望んでいたわけではない。それでも実母を投獄してまでドラークに王太子の座を引き渡したダニエルの気持ちを踏みにじるわけにはいかなかった。それから――。

(ティアの無実を証明し、ユリアンヌに報復するためにも、より強い権力があった方がいい)

ユリアンヌの本性に、ドラークだけは気づいていた。

目の濁り方が、自分を陥れたマレタにそっくりだったからだ。

『ティアは性悪』という根も葉もない噂を流したり、罪人に仕立て上げたり、ユリアンヌのしたことは許せない。だが一介の騎士にすぎなかったドラークには、できることが限られていた。

ガイラーン王国の王太子として生まれたドラークは、権力の尊さを分かっていなかった。国を出て異国に移り住み、下級騎士として長年過ごした今なら、権力の重大さが分かる。

(ほんの数ヶ月前までは、マクレド王国の底辺騎士にすぎなかったのに、不思議なものだな。今は王太子の地位も、そして愛する女性も、この手の中にある)

ティアがダニエルに治癒を施したあと、ドラークは、父とダニエルとともに話をしているティアを見つめていた。

父とダニエルは、ティアの腕の中にいるコロを繰り返し撫でている。

ドラーク同様、コロの愛らしさにすっかり魅せられたらしい。父も弟も、ドラークと同じく犬好きなのだ。

ティアが愛する家族といる光景は、見ているだけで心が安らいだ。

ドラークはティアを自室に案内し、ソファーに座ると、侍従に茶を用意させた。

「これは、菓子か?」

ティアの懐からコロが顔を出し、焼きたてのマフィンを見て舌なめずりをしている。

マクレド王国にはない、虹色のクリームに惹かれているようだ。

「コロ、お腹空いたでしょ。食べる？」

「食べてやってもいい」

コロは気乗りしないふうに言いながらも、すぐさまマフィンに口をつける。

よほど美味しかったのか、夢中になってもぐもぐと食べているコロの横で、ドラークはティアにこれまでのことを語った。

原因不明の病にかかって魔法が使えなくなり、ガイラーン王国を出てマクレド王国に移住したこと。

旅の途中で、魔力を失った原因が病ではなく黒魔術だと分かり、犯人はおそらくマレタだと予測したが、どうにもできなかったこと。

「ドラーク。大変な思いをしてきたのね」

ティアはドラークの苦労を慮《おもんぱか》り、今にも泣きそうになっていた。

彼女はそういう、自分も大変な身でありながら、人のために親身になれる優しい女性だ。先ほどもダニエルを思いやり、痛ましげな顔をしていた。

ティアの潤んだ緑色の瞳を見ているだけで、ドラークの胸ははち切れそうになる。

（こんなに身も心も清い女性が、この世にほかにいるだろうか）

ティアはまさにドラークの女神で、彼にはあとにも先にも、ティア以外は見えないのだった。

（もう一生手放さない。今すぐ、愛していると伝えたい）

魔力も権力も取り戻した今、そんな強い思いが込み上げる。

だが言葉が喉から出そうになったところで、ドラークはぐっと唇を引き結んで耐えた。アベルに微笑みかけていた彼女の姿を思い出したからだ。

（いや、ダメだ。想いを伝えても、まだアベルを想っている彼女の重荷になるだけだ）

ティアがドラークとの結婚を承諾したのは、ガイラーン王国に移住するためだ。気持ちの伴わない結婚だと思っているから応じただけで、ドラークがティアのことを好きだと知ったら離れていくだろう。

「ドラーク、どうかした？」

ドラークが押し黙っているせいか、ティアが不思議そうに首をかしげた。

そんなささいな仕草すら、たまらなくドラークの心を高ぶらせることなど、彼女は知る由もないだろう。

お腹いっぱいになったコロは、ティアの膝の上に丸まって、いつの間にかスピスピと寝息を立てている。

（時間をかけて大事にして、ティアに振り向いてもらいたい。そのためにはまず、甘えることを知らない彼女をたっぷり甘やかしたい）

子供の頃に家族から見放されたティアは、人に甘えることを知らない。そんな彼女の唯一の心のよりどころになりたいと、ドラークは心から思った。

「――ティア、ダニエルの怪我を治してくれてありがとう」

「いいのよ。私にできることなんて、それくらいだし」

ティアが控えめに微笑む。

（だが、治癒だから仕方がないとはいえ、俺以外の男には触れてほしくないのが本音だ）

アベルに甲斐甲斐《かいがい》しく尽くす彼女を眺めながら感じていたような苦しみは、もう二度と味わいたくない。

「……俺の頬にも触れてくれないか？」

えっ、とティアが驚きの声を上げた。

「どうして？　ドラークも怪我したの？」

「いや。していないが、そういう気分なんだ」

（しいていえば、心の怪我だろうか）

ドラークはティアの手を取ると、自分の頬にそっと押し当てた。温もりを全身で感じ取れるよう、華奢な手に身を委ね、ひたむきに彼女を見つめる。

ドラークの視線の先で、ティアがみるみる顔を赤らめた。

「ティア」

自分でも聞いたことのないような甘い声が、ドラークの唇からこぼれ落ちる。

「な、なあに？」

（彼女が愛しくて仕方ない。自分のような人間が、こんなふうに女性を愛せるとは思ってもいなかった）

「父上もダニエルも君を気に入っている。それに、王太子の婚約者である君を虐げる者は、この城にはいない。あの国にいた頃とは違って、この国では伸び伸びと過ごすといい」

◇

ティアの心臓は、今までにないほどバクバク鳴っていた。

おもむろにティアの手を取り、自分の頬に当てたドラークが、ゾクリとするほど色気のある視線を送ってきたからだ。かなりの美形なのもあって、ものすごい破壊力である。

（ドラーク、どうしちゃったのかしら？）

甘い声で名前を呼ばれ、ティアがドキドキしていると、ドラークが言った。

「父上もダニエルも君を気に入っている。それに、王太子の婚約者である君を虐げる者は、この城にはいない。あの国にいた頃とは違って、この国では伸び伸びと過ごすといい」

ティアは、今になって大事なことに気づいた。

（待って。つまり私は、ガイラーン王国の王太子の婚約者になったということ……？）

ダニエルの誠実さと優しさに心打たれ、すっかり失念していた。

祖国では〝恥さらし王女〟と蔑まれ、罪人扱いされている自分が、かの大国の王太子妃になるなど、決して許されることではない。

（どうしよう。さすがに分不相応だわ）

急に罪悪感が込み上げ、ティアは頬に触れているドラークの手を振り払うかのように、顔を背けた。ドラークから、不服そうな気配が漂う。

「ドラーク。その……私の罪についてだけど……」

「ああ、さっそくマクレド王国に密偵を送った。君の無実を必ず証明してやる」

「え、いつの間に……？」

「すべて俺に任せておけ、心配するな」

（よかった。なんだかドラークなら、本当にうまくやってくれそうな気がする。無実が証明されたら、すぐにでもこの城を出ていきましょう。私が王太子の婚約者なんて、ガイラーン王国の人たちに申し訳ないわ）

ティアがいなくなれば、ドラークも本当に愛する人を婚約者に迎えることができる。

だがドラークの隣に別の女性がいる光景を想像したら、なぜか胸がズキリとした。

（ドラークとは仮の婚約関係なのよ。絶対に好きになってはいけないわ）

ティアは改めて、早いうちにドラークのもとを離れる決心をしたのだった。


「おお、ティアよ。そなたはやはり女神だ！」

ガイラーン王国に移住しておよそ二週間後、ティアは国王の執務室に呼び出され、絶賛の嵐を受けていた。

「そなたがこの国に来てから、ここ数年続いていた雨が嘘のようにやんだのだ！　間違いなく、そなたの精霊の力だろう」

「国力がかなり衰えていたが、これで回復が見込めそうです。水害続きのガイラーン王国の危機に乗じて、進軍を企てている国がいくつもあるとの情報が入ってきており、緊張状態が続いていたのですよ」

国王も大臣も、窓から燦々《さんさん》と降り注ぐ光の中で、子供のように小躍りしている。

「そうなのですか？　それはよかったです」

加護を受けているだけのティアに、雨をやませた自覚はまったくないが、おじ様たちを喜ばせることができてうれしい。

ティアの腕の中にいるコロが、フンッと得意げに鼻を鳴らしている。オレのおかげだ、と言いたいのだろう。

「その犬は今日もかわいいな。どれ、私に抱かせてみろ。おお、なんて心地いいんだ」

ドラークと同じく、彼の父親である国王も、コロを目に入れても痛くないほどかわいがってくれている。

騒がれるのは嫌だからと、コロはティアとドラークの前以外では喋ろうとしない。だからティアについている太陽の精霊が、まさかいつも連れている真っ黒な犬だとは、ドラーク以外誰も気づいていなかった。

大臣たちも、国王が抱いているコロをうれしそうにわしゃわしゃと撫でている。

「いつ見てもコロコロしていてかわいい犬だな」

「おー、よしよし。どうした、遊んでほしいのか？」

コロの正体を知らなくとも、ガイラーン城の人たちはかわいがってくれていた。マクレド城の人たちとは真逆で、ティアはこれまでにないほど居心地のよさを感じている。

建前上は王太子の婚約者ということで、ティアには教育係もつけられた。一応は城で淑女教育を受けて育ったティアだが、異国のことなので勝手が違い、勉強することが山のようにあるのだ。

だがティアは、弱音ひとつ吐かずに勉強に勤しんだ。

もともと努力するのは得意である。しかも、この城の人たちは、努力した分だけ褒めてくれる。マクレド王国ではどんなに頑張っても褒められることがなかったので、新鮮な気分だった。

勉強のできないユリアンヌはティアが書いた作文を自分が書いたと偽ったり、テストの答案を入れ替えたりして、巧みに自分の手柄にしていたことが頭をよぎる。

ティアがユリアンヌの不正を訴えても『お前は〝恥さらし王女〟なのだから嘘をついているのだろう』と、父王はユリアンヌの肩を持った。そのうちティアは訴えるのに疲れて、ユリアンヌに手柄を横取りされても何も感じなくなってしまったのである。

「お美しいうえに賢くて、さらにはこの国に太陽の光をもたらしてくださったティア様は、まさに〝理想の王太子妃〟だわ」

あるときティアは、そんなふうに侍女が噂しているのをたまたま耳にした。

（〝恥さらし王女〟って呼ばれていたのに〝理想の王太子妃〟だなんて……）

マクレド王国にいた頃とはあまりにも違う扱いに困惑しつつも、ティアは少しずつなじんでいった。

そんなふうに、ガイラーン王国での暮らしは、ティアの心に潤いを与えてくれた。

毎日が充実していて、困り事は何もなかった。

ただ、あることを除いては――。


ティアが歴史の授業を終えて戻ると、部屋の真ん中に大量の箱が置かれていた。

「オクタヴィアン殿下からの贈り物です。おそらくドレスではないでしょうか？」

部屋で待ち構えていた侍女のエルシーが、ウキウキしながら言った。

エルシーはティアの専属としてつけられた、茶色い三つ編みがトレードマークの、十八歳の少女だ。明るく元気いっぱいで、ティアにも屈託なく接してくれ、すぐに仲よくなれた。

「……また？」

ティアは困惑した。

ガイラーン城に着いた翌日に裁縫師が来て採寸され、すぐに大量のドレスが仕上がった。今着ている薄いブルーのドレスも、そのうちの一着である。高価そうな装飾品も、二日前に大量に贈られたばかりだ。

「オクタヴィアン殿下が、それだけティア様のことを大事に思われている証拠ですよ！ まさかあのお方が、婚約者様にはこんなにも一途になられるとは驚きです。子供の頃からすごくモテたらしいですが、女性には見向きもしなかったって、先輩が言っていたんですよ！」

エルシーが興奮している。

箱の中には、新しいドレスが五着に、大量の髪飾り、ネックレスや靴も入っていた。

「こんなにいっぱい、申し訳ないわ」

ドラークが、周りが違和感を抱かないように、ティアを大事にしているフリをしてくれているのは分かる。だが、さすがにやりすぎだ。

（私がこの城を去ったら、無駄になっちゃうじゃない）

「気に入らなかったか？」

すると、背後から声がした。

白のシャツに黒のトラウザーズ姿のドラークが、いつの間にか部屋の入り口にいる。

ドラークはティアと目が合うと、彼女の方へと歩んできた。

「いいえ、そうではなく……。私なんかにはもったいない気がして」

ティアはかすかに肩を震わせた。

『ティアとユリアンヌ殿下は双子の姉妹だというのに、まったく違うんだな。ユリアンヌ殿下はまるで女神のように美しいのに、ティアはとてもじゃないけど王女には見えないよ』

アベルの言葉が、いまだに強く頭の中に残っている。

自分のような〝恥さらし王女〟には、ドレスや装飾品など贅沢だ。

アベルだけではない。皆が、繰り返しティアに言ったのだ——ティアは、役立たずの恥さらしだと。

太陽の精霊がついていたことが分かり、実際には〝恥さらし王女〟ではなかったとはいえ、ティアの心に染みついた劣等感は簡単には拭えなかった。

「もったいない？　そんなわけがないだろう」

ドラークが怪訝そうに言った。それから、金色の瞳をまっすぐティアに向けてくる。

彼の瞳の濁りのなさに、ティアは思わずハッとした。

「ティア。君はきれいだ、ものすごく」

「え……」

生まれて初めて面と向かってそんなことを言われ、ティアは瞬く間に顔を赤くする。

「きゃあああっ！」

エルシーが、頬を押さえて何やら盛り上がっていた。

（ドラークって、こんなに演技がうまかったのね）

仮初めの婚約者のティアにぞっこんなフリをしているとはいえ、ドギマギせずにはいられない。

「そ、そんなことを言われたら恥ずかしいわ……」

おずおず上目遣いでドラークを見ると、彼が今さらのように顔を赤くした。

「そうだ、コロに土産があるんだった」

ドラークはゴホン、と咳払いをしたあとで、懐から干し肉を取り出す。

「モウン！」

エルシーがいる手前、犬のフリをしているコロが、つぶらな瞳を輝かせて干し肉にかぶりついた。

「特殊魔法でうまみを閉じ込めた、最高級の干し肉を手に入れたんだ。うまいか?」

「モウン! モウン!」

よほど美味しいのか、コロが涙目になっている。

ドラークはうれしそうに目を細めつつ、そんなコロの頭を撫でていた。

彼がくれた『きれいだ』という言葉が、いまだにティアの心を震わせている。

絶え間なく鳴る鼓動とともに、コロをかわいがるドラークから、ティアはどうしても目が離せないでいた。


数日後。

ティアはエルシーとともに、城壁内を散策していた。

来て間もなくの頃、城の中は案内されたのだが、敷地全体は広すぎるため少しずつ見て回っている。

ガイラーン城の敷地には、図書館、兵舎、武器庫、礼拝堂、魔法研究所など、さまざまな施設があった。マクレド城の比にはならない広大さで、ティアはとんでもない国に来てしまったことを再認識する。

「こちらは騎士たちの訓練所です」

エルシーが指し示した石壁の向こうからは、男たちの威勢のいいかけ声や、剣のぶつかり合う音が絶えず響いていた。

「おおおっ、すげえ‼」

「オクタヴィアン殿下にかなう人間なんか、この世にいるのか⁉」

（ドラークがいるの？　訓練の最中なのかしら）

思わず足を止めたティアを見て、エルシーがにんまりとする。

「時間がありますし、ちょっと寄っていきますか！」

「えっ？　あ、ちょっと！」

戸惑っているティアを、エルシーは半ば無理やり訓練所に連れ込んだ。

訓練所の中は、的に矢を射ったり、剣の打ち合いをしたりしている男たちの熱気に満ちていた。

剣術の模擬試合も行っているようだ。試合をしている騎士のひとりは、胸当てを着けたドラークだった。

——キンキンキン！

剣を振り上げたドラークが、リズムよく相手の剣を弾いていく。

キンッとひときわ大きく音が響き、宙に放たれた相手の剣が、落下して地面に刺さった。

「おおおおっ！」

再びどよめきが起こった。

「ドラーク様があんなに剣を使えるとは、知らなかったな」

模擬試合を見学していた騎士団長のヴィクトルが、感心したようにつぶやいている。

「この七年間、魔法を封印されて剣術に励み、剣も扱える最強の魔導士になったというわけか！」

ヴィクトルが愉快そうに笑う。訓練所にいる騎士たち全員が、ドラークを羨望のまなざしで見ていた。

模擬試合を終えたドラークは、シャツをたくし上げ、裾で顔の汗を拭っている。男らしい腹筋があらわになり、ティアは頬を赤く染めた。

「ティア様、どこに行かれるのですか？」

「ちょ、ちょっと陽射しがまぶしいから移動するわ」

不思議そうに聞いてきたエルシーにティアはそう答えると、そそくさとその場から離れる。

（どうしてこんなにもドキドキするのかしら？　アベルのお腹が見えてもなんとも思わなかったのに）

ティアは、端にある見張り塔に向けて歩き始めた。

「ティア様」

ようやく気持ちが落ち着いた頃、誰かに声をかけられる。ダニエルだった。

「ダニエル殿下。お久しぶりです」

「訓練所のご見学ですか？」

「はい。エルシーに敷地内を案内してもらっているところなのです」

マレタは、裁判によって廃妃が決まり、その後は修道院に送られることになった。自ら告発したとはいえ、実の母の末路を思うと、ダニエルは胸中穏やかではないだろう。それなのに毅然《きぜん》としている彼を、ティアは心から尊敬する。

（若いのに、本当に素晴らしい方）

「そうですか。敷地の最奥にある丘には行かれましたか？　夕暮れどきは、とてもきれいな景色が見られますよ。よかったら今度案内します」

「本当ですか？　ありがとうございます」

ティアは、親しみを込めて彼に微笑みかけた。

すると、なぜかダニエルが黙り込む。

「どうかなさいましたか？」

「あっ、すみません。兄上がうらやましいなぁ、と思って。ティア様のような身も心も美しい方と出会えることができたのですから」

「そんなこと……」

突如として褒められ、ティアは口ごもる。

「あ、ありがとうございます」

穏やかなダニエルとティアはウマが合うようで、その後も会話が途切れることがなかった。

「では、そろそろ失礼します。見学、楽しんでくださいね」

「はい、またお会いしましょう」

にこやかに手を振ってダニエルの背中を見送っていたとき、ティアはふと視線を感じた。振り返ると、ドラークがティアの方を見ている。暑いからシャツを脱いだのか半裸で、ティアはまたしても目のやり場に困り、瞬発的に視線を逸《そ》らしてしまった。

（ドラーク、お願いだからシャツを着て！）

ティアは心臓がせわしなく鳴るのを感じながら、心の中で叫んだ。

就寝前、ティアは浴室でバスタブにつかっていた。

エルシーが温魔石で温めてくれた湯は、ほどよい温度で、薔薇《ばら》の香りもほのかにする。彼女が日々甲斐甲斐しく身の回りの世話をしてくれるおかげで、何不自由なく快適に暮らせていた。

（訓練所で、ドラークはどうしてあんな目をしていたのかしら？）

今さらのようにそんなことを思う。

ドラークのあれほど鋭い目つきを見たのは初めてだった。

悪魔騎士として恐れられていたドラークだが、ティアと接するときはいつも優しいから。

モヤモヤしつつもティアはバスタブから上がると、浴室から出た。部屋の隅にあるふかふかの専用ベッドで、コロはすでにスピスピと寝息を立てている。

部屋の扉をノックする音がした。

「どうぞ」

エルシーが様子を見に来たのだろうと、ティアは軽い気持ちで返事をした。

ところが姿を現したのは、あろうことかドラークだった。

「ド、ドラーク……？」

彼がこんな時間に部屋に訪ねてくるのは初めてのことで、ティアは慌てた。

「入っていいか？」

「え、ええ」

扉が閉まり、魔石ランプのほのかな明かりだけが頼りの薄暗い部屋の中に、ドラークとふたりきりになる。

「お茶を用意するから待っていて」

ティアはドラークをソファーに座らせると、魔石コンロに炎の魔石をセットした。

あっという間に沸いたお湯で、体を癒やす効果のあるハーブティーを淹《い》れる。

「どうぞ」

ドラークの前にティーカップを置くと、彼がバッとティアから顔を背けた。

「こ、こんな時間に急に来て、すまない……」

どういうわけか、ひどく動揺している。

「……？」

不思議に思ったティアは首をかしげ、そして自分の体を見下ろして悲鳴を上げそうになった。

ティアが今身にまとっているのは、オフホワイトのナイトウェアだった。薄い絹素材のため、体の曲線がくっきり浮かび上がっている。

ティアは急いでドラークから離れると、クローゼットからガウンを取り出し羽織った。ドラークは、いまだにうつむいている。

「見苦しいものをお見せしてごめんなさい……」

「いや……そんなことはない」

歯切れ悪く答えるドラーク。

ぎくしゃくしながらも、ティアはドラークの向かいに腰かけた。

「そ、それで、こんな時間にどうしたの？」

「あ、ああ」

ドラークが気持ちを落ち着かせるように、ハーブティーをひと口飲んだ。しばらくして、ためらうようにしながらも口を開く。

「――訓練所にいたとき、ダニエルと何を話していたんだ？」

思いがけないことを聞かれ、ティアはきょとんとした。だがよくよく考えて、訓練所で目が合ったときのことを言っているのだと気づいた。

『お前のような者がユリアンヌに話しかけるな!!　ユリアンヌの尊い精霊に悪影響を

与えたらどうする⁉』

過去に父王から浴びせられた罵声が頭の中によみがえり、ティアは怯えた。

(もしかして、私なんかが大事な弟であるダニエル殿下と話していたから、不快に思っているの……?)

ドラークは、ティーカップを手にして、じっとティアの返事を待っている。

その顔は不安そうではあるが、ティアを責めているようには見えなかった。

(ううん、ドラークに限ってそんなことはないわ。……だけど、違ったら? アベルみたいに、少しずつ私に冷たくなったらどうしよう)

「ごめんなさい……」

ティアは声を震わせた。

ドラークが、いぶかしげに眉根を寄せる。

「なぜ謝る?」

「私なんかが、ダニエル殿下に話しかけたから」

ドラークが、ハッとしたように瞳を揺らした。

「すまない、ティア。そんなことを言いたかったわけじゃない」

「……そうなの?」

ドラークの言葉を信じたいが、うまくいかない。

長年にわたって浴びせられた罵声が体に染みつき、ささいなことがきっかけとなって、ティアを苦しめる。

ドラークは震えたままのティアを見かねたように立ち上がると、彼女の隣に腰を下ろし、そっと抱きしめた。

「俺はダニエルが君に……俺の婚約者に惚れたんじゃないかと、心配になっただけなんだ。俺のつまらない嫉妬で、君を苦しめてすまなかった」

ドラークの温もりに癒やされながら、ティアは目を瞬いた。

まるで見当違いのことを言われたからだ。

「ダニエル殿下が、私に……？　そんなこと、あり得ないわ。ただ――」

「ただ？」

「あなたが大事に思っている弟さんだから、私も自分の弟のように大事にしたくて……」

吐息が触れそうな位置で、ドラークと目が合う。

「俺のために？」

「ええ、そうよ」

ティアがふわりと微笑むと、ドラークは彼女を凝視したあとで、瞳に熱っぽい色を浮かべる。

「俺も君のことが大事だ……この世の何よりも」

今まで見たことがないような彼のまなざしに魅せられ、ティアの心臓がひときわ大きく跳ねた。

ドラークがおもむろに手を伸ばし、ティアの頬に触れてくる。

手を添えるだけのかすかな触れ合いなのに、彼の手の大きさや硬さを意識してしまい、ティアは呼吸すらままならなくなる。

頬を上気させ、救いを求めるようにドラークを見上げた。

彼の喉仏が、ゴクリと上下する。

そのとき、下方から視線を感じた。

ふかふかの専用ベッドにいたはずのコロが、いつの間にか脇にちょこんと座り、ふたりをジトッと見上げている。

「どうした？　キスしないのか？」

「……！」

ドラークが我に返ったように目を見開き、バッとティアから身を離した。

「……そろそろ部屋に戻る。急に来てすまなかった」

「い、いいえ、大丈夫よ。おやすみなさい」

「ああ、おやすみ」

ドラークが逃げるようにして出ていき、コロしかいなくなった部屋で、ティアはようやく存分に息を吸い込んだ。

(私、どうしちゃったのかしら?)

胸の鼓動はいつまでも鳴りやまず、ドラークが触れた頬が、火が灯っているかのように熱い。間近で見たばかりの彼のまなざしが頭から離れず、胸のあたりをざわつかせている。

やがてティアは気づいてしまった。

(これって、もしかして……。私、ドラークを好きになってしまったの?)

敵だらけの世界で、ドラークは自分の身を犠牲にしてまで、唯一ティアに手を差し伸べてくれた。それも、ティアが太陽の精霊使いと分かる前から。

そして、こんなにも大事にしてくれている。

一度認めてしまえば、好きという感情があふれて止まらなくなった。

だがドラークがティアを婚約者にしたのは、その優しさゆえ、罪人である彼女の行き場をつくるためである。これは、ティアの無実が晴れて、どこへでも自由に行けるまでの期間限定の関係だ。

(そういえば……もしも罪が晴れなかったら、私はずっとドラークの婚約者、もしくは王太子妃としてこのお城にい続けるの?)

だとしたら、ドラークの人生を縛りつけるようで申し訳ない。

(もしそうなったとしたら、誰にも知られないようにここから出ていきましょう。これ以上、ドラークのことを好きにならないようにするためにも)

マクレド王国の精霊部隊の追跡能力を侮ってはいけないが、ティアには太陽の精霊がついている。コロの加護を受けながら各地を転々とすれば、どうにかして逃げ続けることができるだろう。

そう考えたものの、ティアはたまらなく泣きたい気持ちになっていた。

◇

自室に戻ってすぐ、ドラークはベッドに腰かけ、頭を抱えた。

(なんてことだ。あやうく口づけするところだった)

ドラークのためにダニエルを大事にしたいと言って微笑んだティアはかわいすぎた。

ダニエルに対する情けない嫉妬が、一瞬にして吹き飛んでしまったほどに。

そしてついうっかり、本能の赴くままに行動しかけた。さんざん傷つけられて生きてきたティアをこの世の何よりも大事にしたいのに、あってはならないことだ。

（ティアを傷つけてきたやつらめ、絶対に許さない）

ティアの極端なまでの自信のなさは、〝恥さらし王女〟として繰り返し虐げられたことが原因だろう。マクレド王室の人間、とりわけ国王とユリアンヌ、それから元恋人のアベルに。

叶うなら、ティアが経験してきたつらい思いよりも、もっとつらい目に遭わせてやりたい。

ドラークはティアには絶対に見せない冷ややかな目で、宙を見すえた。

（優しいティアは報復など望まないと言うだろう。だが、それでは俺の気が済まない）

震えるティアの肩を抱きしめた感触が、いまだドラークの心を痛めつけている。

自分のことだと投げやりなドラークだが、愛する女性のためにはどんな労も惜しまないつもりだった。

翌朝、マクレド王国に放っていた密偵が、ドラークのもとに戻ってきた。

王太子の執務室で、ドラークは彼からの報告を受ける。彼は自白魔法を使って、ティアがユリアンヌから盗んだとされる彼女の母の形見が、そもそもティアのものだったという証言を得た。

『形見分けの際、ユリアンヌ殿下が金目のものを持っていき、唯一いらないと言ったあの薬を、ティア殿下が譲り受けたのです。前々から、ユリアンヌ殿下は自分に不都合なことがあるとすべてティア殿下のせいにしていました。それをやんわり咎《とが》めたら、突然解雇されたのです。真実を話したら私の両親に危害が及ぶと脅されて……』

音を吸収する魔石から、かつてマクレド城の侍女頭を務めていたスーザンという女性が、泣きながら語る声が聞こえる。

(聞いているだけで、ユリアンヌへの怒りが爆発しそうだ)

ドラークはどうにかして怒りを抑えた。

次は、現在マクレド城に勤めている侍女の証言だった。

『近頃、ユリアンヌ殿下は毎日のように苛立《いらだ》っています。というのも最近は雨が続いていて、ユリアンヌ殿下の風の精霊の力が弱まったのではないかと噂されているからです。どういうわけか、騎士団長に昇進したアベル様も力を失い、今では平騎士よりも弱くなってしまったとか。本当はすぐにでも騎士団長を交代させられるところを、ユリアンヌ殿下の婚約者だからという理由で、特別にすえ置かれているような状態です』

ドラークは口角を上げた。

（いい気味だ。太陽の精霊がついているティアを失ったあの国は、これから破滅の一途をたどるだろう。アベルもだ。ティアのおかげで力を得ていたのに、身のほどを思い知れ）

これらの証拠をどうやって突きつけ、ティアを苦しめた彼らを痛い目に遭わせようかと、ドラークは考える。

だが、ふと我に返った。

（ティアは、まだアベルのことを想っているかもしれない。アベルが痛めつけられている姿を見たら、悲しむんじゃないだろうか。……ティアを悲しませたくはない）

思い悩んでいると、密偵が思い出したように言った。

「そういえば、オクタヴィアン殿下がご結婚なさるという情報は、すでにマクレド王国にまで伝わっているようですよ。城中その話題で持ちきりでした。殿下のご結婚相手がどなたかまでは伝わっていないようでしたが」

「そうか。噂というものは、広まるのが早いな」

その瞬間、ドラークはあることを閃いた。

（我ながら名案だ。もしも実行できれば、ティアを傷つけたやつらにやり返すことができる。だがティアがいまだにアベルを想っているなら避けた方がいいだろう）

ドラークは、ここ最近のティアの様子を思い浮かべた。

ガイラーン王国に来てからというもの、ティアは生き生きとしていて、見るからに明るくなった。アベルと付き合っていた頃よりもよほど輝いている。アベルを想って落ち込んでいる様子もない。

（ティアは、本当にいまだにアベルを想っているんだろうか？　一度、彼女の気持ちを確かめる必要があるな。計画のためにも、俺自身のためにも）

◇

窓の外では、ひっきりなしに雨が降っている。

マクレド城に与えられた部屋で、姿見の前に立ったアベルは、侍従にジュストコールを着せられていた。これからユリアンヌ主催のお茶会に参加するためだ。

アベルはどんよりした空を見上げた。

降り続く雨は、マクレド王国に深刻な災害をもたらしていた。

まずは各地で川が氾濫し、多くの民が住む場所を失いつつある。農作物もひどい被害を受け、これから食糧不足も予想された。食糧不足によって暴動が起こる可能性もある。

(国がこんな状況なのに、呑気にお茶会なんかやっている場合なのか?)

政治には疎いアベルでも、さすがに危機を感じていた。

「アベル様、終わりました」

「ああ、ご苦労」

アベルは鏡に映った自分の姿を確認した。きらびやかな宝石つきの白のジュストコールに紺色のトラウザーズという、どこぞの貴公子のような出で立ちだ。

高級な衣装を着せられてうれしい反面、複雑な気持ちもあった。

というのも、先ほどお茶会のために正装してユリアンヌの部屋に迎えにいったところ、怪訝な顔をされたのだ。

『その、少し流行遅れの格好といいますか……。私が用意した衣装に着替え直していただけますか?』

やんわりとした口調ではあったが、言葉にとげがあった。要は『ダサいから見てられない』ということらしい。

(ユリアンヌ殿下は慎ましやかな方だと思っていたが、自我の強さを感じるようになってきたな)

この頃雨続きで、ユリアンヌの風の精霊が力を失ったのではないかと、陰で囁かれていた。そのせいか、ユリアンヌは明らかに苛立っている。

(苛立ちとは無縁の、女神のように清らかな方だと思っていたのに)

アベルは、ユリアンヌに無理やり芋虫魔獣を退治させられたときのことを思い出す。

彼女の暴挙にはかなり引いてしまった。

あのときにできた脇腹と背中の傷は、大きな痕になって残っていて、いまだにしくしくと痛む。

どうして急に〝女神の薬〟が効果を失ったかは、謎のままだった。

新たなジュストコールに身を包んだアベルは、再びユリアンヌの部屋に向かった。

(豪華な衣装だな。動きにくいし落ち着かない)

ユリアンヌの部屋にたどり着き、ドアをノックしようとしたときのことだった。

「〝女神の薬〟はまだ見つからないの!?　ティアの家をくまなく捜しなさいと言った

でしょう!!」

中から怒号が聞こえてきて、アベルはノックしようとした手を止めた。

（なんだ、この声は。まさか、ユリアンヌ殿下か？）

「何度もくまなく捜したのですが、どうしても見つからないのです。女神の彫刻が施された薬箱に入った軟膏《なんこう》は、ユリアンヌ殿下がお持ちになっているものだけのようでして……」

侍従らしき弱々しい声がした。

「そんなわけがないでしょう！　この〝女神の薬〟によく似た薬は、まったく効かないのよ!?　アベル様がティアの家で〝女神の薬〟を塗ったときは、たちどころに傷が治ったと言っていたのに！　絶対に本物がどこかにあるはずだわ！」

アベルは、ユリアンヌがこれほど取り乱している声を聞くのは初めてだった。いつもの可憐な花のようにしとやかな彼女からは、想像もできない。

ハアッというユリアンヌの大きなため息が聞こえた。

「本物の〝女神の薬〟さえあれば、この雨のせいで失いつつある私の名誉を回復できるのに、ホント役立たずね！　アベル様の体の傷も、完全に治したかったたわ」

ユリアンヌの口から自分を気遣う言葉が聞けて、アベルは動揺しつつも少しホッとした。

　ところが。

「まあでも、アベル様の顔が無事だったのは不幸中の幸いだわ。オクタヴィアン様に匹敵するのは唯一あの顔だけだったから。顔に傷を負ったアベル様なんか不要だもの」

　ユリアンヌの吐き捨てるような声が、アベルの胸にズドンと刺さる。

（なんだって？　顔が悪ければ、俺には価値がないとでも言うのか？）

　ショックのあまり、ドアの前に立ちつくしたまま、一歩も動けなくなってしまった。

　悔しさで胸がいっぱいになり、アベルは拳を握りしめ、歯を食いしばる。

『アベル、どうか無事に帰ってきてね。あなたが危険な目に遭わないよう、毎日祈り続けるわ』

　戦地に赴く前、ティアはいつもそんな言葉をかけてきた。

　ティアはアベルの功績など気にしない、無事であればそれでいいと繰り返していた。

　男の世界を分かっていないと、あのときはティアを馬鹿にしたが、今になって彼女の優しさが身に染みる。

『袖がほつれているわ。まだ着られそうだから、直してあげる』

　アベルの服のほころびに気づいたティアに、何度も修繕されるのもうっとおしかった。王女のくせにみみっちいと罵ったものだが、ティアが手入れをしてくれた服はどれも着心地がよくて手放せなかった。

（ティアは今、どこにいるのだろう？）

ドラークとともに逃亡したティアの行方は、いまだに分かっていない。

会いたい、という気持ちが急激に込み上げる。

今すぐにでも、心身ともに傷ついているアベルを癒やしてほしい。

（それにしてもドラークめ、なぜ急にティアを助けた？　もしや俺と付き合っていたときから、ティアとドラークは関係があったのか？）

ティアに会いたいという気持ちが強まるにつれ、今度は憎しみが湧き上がる。

アベルはドラークとともにいるティアの姿を想像し、今すぐにふたりに向かってめちゃくちゃに剣を振り回したい衝動に駆られた。

数日後、アベルはユリアンヌとともにマクレド国王に呼ばれた。

各地で水害が続き、国王は目に見えてげっそりしていた。ユリアンヌもピリピリしており、王の執務室に流れる空気は最悪だ。

「我が国とは反対に、雨続きだったガイラーン王国はこのところ晴れ続きらしい。奇妙だと思わないか？」

開口一番、国王は低い声で、ユリアンヌとアベルにそう問いかけてきた。その噂については、騎士団長であるアベルの耳にもすでに届いている。

アベルはうなずいた。

「はい、聞き及んでいます。突然天気が好転するなど、たしかに奇妙ですね」

「そうだろう。魔法などという恐ろしいものを扱う国のことだ。ひょっとすると奇妙な魔法を使って、我が国と気候を入れ替えたのかもしれない」

アベルは返答に詰まった。

そんな魔法は聞いたことがなく、絵空事のように思うが、魔法には詳しくないのでなんとも言えない。

アベルが押し黙っていると、ユリアンヌが声を上げた。

「たしかに奇妙ですわ、お父様の言うとおりに違いありません。私の精霊の力が急に弱まるなんてこと、あり得ませんもの。なんらかの魔法で、私の風の精霊の力を奪ったのでしょう」

ぎりっと、彼女が歯を食いしばる音がした。

ユリアンヌはその疑惑に確信を得ているようだ。

「私もそう思う。おお、ユリアンヌ。悪者どもに尊い精霊の力を奪われて、かわいそうに。この国のためにもお前のためにも、必ず取り戻してみせる。そこで、いい案があるんだ」

国王が、執務机の上に置いた手紙を見せてきた。

「これはガイラーン王国から届いた婚約式の招待状だ。私とユリアンヌ、そしてユリアンヌの婚約者であるアベルが招待されている。このたびオクタヴィアン殿下が婚約することになったらしい」

「なんですって？」

オクタヴィアン王子の名が出たとたん、ユリアンヌの声色があからさまに変わった。

「女性にはまったく興味がないと聞いていたのに……。相手はどなたなの？」

「それに関してはいっさい情報がない。他国の王家や貴族から妻を娶るなら噂になるはずだから、国内の貴族の娘の可能性が高いだろう」

ユリアンヌがうつむき、引き結んだ口元を震わせている。

（ユリアンヌ殿下は、長らくオクタヴィアン殿下にぞっこんだったと聞いていたが、本当のようだな。先日も、俺がオクタヴィアン殿下に匹敵するのは顔だけだと言っていたたし）

婚約者が隣にいながら、オクタヴィアン王子の婚約者に露骨に嫉妬しているユリアンヌは、非常識極まりない。

アベルの中で、ますますユリアンヌへの想いが薄れていく。

「この機会に我々でガイラーン王国に赴き、まずはやつらの様子をうかがおう。そして戦争に持ち込んででも、我が国に太陽を取り戻すのだ！」

国王がバンッと手紙ごと執務机を叩き、怒鳴るようにそう宣言した。

第四章　波乱の婚約式

ドラークの甘やかしぶりはすごかった。

ティアに、ドレスや装飾品を際限なく買い与えるだけではない。

「ティア、差し入れだ」

昼頃、いつもティアの部屋を訪れては、お菓子の入った籠を渡してきた。

火魔法のかけられた熱々のタルトや、氷魔法のかけられたひんやりと冷たいチョコレートなど、魔法大国ガイラーンにしかない特別なお菓子を見るたびに、ティアは子供のように目を輝かせた。

「どれも美味しいわ」

「ガイラーン王国の菓子はなかなかだな」

コロも毎回舌なめずりをして、ティアと一緒に、数々のお菓子を味わっている。

「美味しいか？　それならよかった」

お菓子を食べるティアを、ドラークは決まって、優しい目で見つめていた。そんなふうに見守られると、まるで童心に返って甘やかされているようで、ティアはいつもドキドキしてしまう。

虐げられて育ったティアは、子供の頃にこんなふうにお菓子を与えられて、甘やかされた記憶がない。ユリアンヌが父から高級菓子を与えられているのを、端から見ているだけだった。

ドラークは、穴だらけのティアの心を埋めるように、優しさをくれる。

これほど優しい人は世界中どこを探してもいないだろうと、ティアはうれしいような、胸が苦しいような気持ちになるのだった。


ティアは王妃教育の合間を縫って、毎日のように市井の救護院に行くようになった。

ガイラーン城でドラークにはたっぷり甘やかされ、国王にも褒めたたえられ、好待遇すぎて申し訳なくなり、国のために何かをしたいと考えたのだ。

そこで自らの癒やしの力を活かし、救護院で働きたいと、ドラークに申し出た。優しいドラークはティアの熱意を受け入れ、手はずを整えてくれた。

救護院のティアのいる部屋には、評判を聞きつけた人々が、今日も長蛇の列をつくっていた。

「この子が、昨日転んでひどい怪我をしてしまったのです。どうにかなりませんでしょうか？」

貧しい身なりの母親が連れてきたのは、五歳くらいの男の子だった。両膝が擦りむけ、赤々とした傷になっている。傷が痛むのか、男の子は涙目で元気がない。

「まあ、痛そう。よく頑張ったわね」

ティアは男の子の頭を撫でてから、彼の両膝に手をかざした。治癒力の使い方にも、だいぶ慣れてきた。

ティアの手のひらに白い光が灯り、男の子の膝の傷が瞬く間に癒えていく。

「わあ、あったかい！」

男の子が目をまん丸にして、白い光に照らされた自分の膝を見ている。

きれいな肌に戻ったところで、ティアは「ふう」と息を吐いた。治癒力を使うと、それなりに体力を消耗するのだ。

「すごいっ、治った！　もう痛くない！」

男の子が瞳を輝かせ、傷の消えた両足でぴょんぴょん飛び跳ねる。

そんな男の子を、この瞬間ほど心が満たされるときはないと思いながら、ティアはにこやかに見守っていた。

「まあ、こんなにきれいになるなんて！　ありがとうございます、聖女様！」

母親が、ティアに向かって何度も頭を下げる。

「聖女様だなんてそんな……畏れ多いですわ」

「まさしく、この国に突如舞い降りた聖女様ですわ。この国に治癒魔法を使える方が現れたのは、数百年ぶりとの評判ですよ」

ティアは本当は魔導士ではなく、精霊使いなのだが、それを伝えると自分の出自を探られかねないので黙っていた。

加えて、長らく旅に出て帰ってきたこの国の王子の婚約者であることも伏せている。皆に気を使わせないためだ。

「ねえねえ、この子は犬なの？」

すっかり元気になった男の子が、ティアの膝の上にいるコロを撫でる。

「ええ、そうよ」

「あはは、変な顔。こんな顔の犬、初めて見た！」

「モウン、モウッ（失礼なガキだな）！」

「あははっ！　鳴き方も変！」

「ふふ、そうなのよ。でもとってもかわいくて賢いの」

ティアはコロをむぎゅっと抱きしめた。

（まさかこの変な犬が太陽の精霊なんて、誰も夢にも思わないわよね）

コロは相変わらず、ティアとドラークの前以外では徹底して喋らない。犬のフリをして、騒がれずにひっそりと暮らしたい意思は揺るがないようだ。何せティアと出会う前まで、人と関わるのに嫌気が差して、山奥に身を隠していたくらいなのだから。

その日も数十人を治療して、ティアは城に戻ることにした。

救護院を出ると、門前に止まっていた質素な外観の馬車から、ドラークが出てきた。いつものように、正体がバレないよう帽子をかぶり、茶色のベストに黒のトラウザーズという、平民のような格好をしている。とはいえ、どんな格好をしても、匂い立つイケメン臭は隠し切れていない。

「ティア、終わったか」

「ドラーク、いつもごめんなさい」

救護院までの送り迎えは、毎回必ずドラークがしてくれた。侍従に頼めばいいのに、『時間があるから』と押し切るような形で。

（王太子として日々執務に追われているはずなのに、本当に大丈夫なのかしら？）

「いいんだ。俺は要領がいいからな、ほかの人間と同じように考えてもらったら困る」

ドラークはティアの心の中を読んだかのように答えると、ふと周囲を見渡した。救護院は王都の中心にあるため、辺りには露店が立ち並び、人や馬車の往来も激しい。

「日暮れまでまだ時間がありそうだな。少し町を見てみないか？」

「え？　いいの？」

「ああ。君もたまには息抜きをした方がいい。城では勉強ばかり、市井に出ても救護院にこもりきりじゃないか」

ティアの乗り気な表情を肯定ととらえたようで、ドラークはすでに歩きだしていた。

ティアもその半歩後ろに続く。

（中心街を、ずっと歩いてみたかったのよね）

魔法大国ガイラーンの王都の華やかさは、マクレド王国に住んでいた頃から耳にしていた。誰もが一度は行きたいと願うが、例のごとくガイラーン王国は防壁によって徹底的に外国人を排除している。

ガイラーン王国民の知り合いや家族、それから物流業者などが入手できる特別な許可証がないと出入りできない仕組みになっていた。

噂どおり、ガイラーン王国の王都はマクレド王国とは桁違いに賑わっていた。

魔法書専門店や魔道具店など、ティアが見慣れない店も多くある。

道端では魔導士が自ら開発した魔法を披露し、そこかしこで店の呼び込みのために魔法で作り出された花や蝶が舞っていた。

「わあ、すごいわ！」

華やかで幻想的な町の装いを眺めながら、ティアは瞳をキラキラさせた。

「見て、ドラーク。あのキャンディー光っているわ！ いったいどうなっているの？」

ティアは、とある露店に並んだ七色の光を放つ棒付きキャンディーに目を奪われる。

ガイラーン王国産のお菓子はドラークにいつも差し入れしてもらっているが、あのようなキャンディーを見るのは初めてだ。

「あれはルミスジェルを使ったキャンディーだよ。ルミスは食用として開発された光を放つ魔草だ。祝祭の料理などにもよく使われている」

ティアの隣にいるドラークが答えた。

彼にとっても息抜きとなっているのか、今日はどことなくうれしそうだ。

「ちょっとそこで待ってて」

そう言うとドラークは、キャンディーを売っている露店に近づく。やがて、七色に輝く細長い渦巻き状のキャンディーを手にして戻ってきた。

「ほら」

「くれるの？ ありがとう！」

ティアは喜んでドラークからキャンディーを受け取った。

「こっちはコロのだ」

「そんなに言うなら仕方ない、食べてやろうか。……うまい！」

ティアの懐から顔を出したコロが、ドラークが差し出したキャンディーを夢中で舐めている。

「きれい、それに美味しいわ」

ガイラーン王国産のお菓子は、いつもティアの心をわくわくさせてくれた。自分がこれほどお菓子好きだとは、今まで知らなかった。

輝くような笑みを浮かべるティアを、ドラークはいつものように、優しい目で見つめている。

「菓子を食べてるとき、君は本当によく笑うな」

「私が？　笑ってる？」

「ああ。菓子を食べているときが一番分かりやすいから、ついあげたくなってしまう。笑っている君といると、俺まで楽しい気分になるからな」

整った顔で色っぽく微笑まれ、ティアは思わずドキリとした。ドラークのことを好きだと自覚しているからこそ、余計に胸が熱くなる。

『一緒にいて楽しくない』――どんなに明るく振る舞っても、アベルにはそんなふうに言われてきた。アベルに好かれるよう、無理をしすぎて空回りしていたのだろう。

だがドラークは、ティアの笑顔を自然と引き出してくれる。

「どうかしたか？　もう一本食べたいのか？」

胸をじいんとさせながらドラークを見つめていると、不思議そうに聞かれた。

ティアはほんのりと顔を赤くする。

「ううん、そういうわけじゃなくて……。あっ、あの変わったものが並んでいるお店はなに？」

ティアは、ごまかすように近くの店に顔を向けた。

「そこはペット用品を売っている店だ」

「ペット用品？」

マクレド王国では、ペットといえど、家畜と同等の扱いを受けることが多い。食べ物も遊び道具も人間がいらないものを与えるのが普通で、ペットのための店があるなど信じられなかった。

（さすが、大国は違うわね）

ティアの懐にいるコロが「ペット用品だと？」とつぶやいている。どうやら気になるようだ。

「入ってみたいか？」

「ええ、行ってもいい？」

「もちろんだ」

ドラークと一緒に、ペット用品店に足を踏み入れる。

ペットフードはもちろん、ペット用の服や魔法の国ならではの玩具など、目移りするような品物がズラリと並んでいた。

「モウン！」

ティアが金色の玉のようなものを手に取っていると、コロが懐から顔を出し、興味深げに鼻をスンスンと鳴らした。

「これはボールかしら？」

「ペットが遊ぶと笑い声が聞こえる玩具らしい。音魔法がかけられているようだ」

「へえ、それは興味深いな。この国の文化を知るためにも、試してみる価値はありそうだ」

コロがブツブツ言っている。どうやら欲しいらしい。

ティアとドラークは目を合わせ、クスクスと笑い合った。

「買って帰ろう」

「いいの？」

「ああ、ほかにも必要なものがあれば言ってくれ」

「ありがとう、ドラーク」

買い物を終えると、ドラークとティアは馬車に乗り、城へと戻ることにした。

ティアが馬車の窓から夕暮れに染まる街道を眺めていると。

「ティア」

向かいの席にいるドラークが、いつになく真剣な声で名前を呼んだ。

「なあに？」

「……アベルのこと、まだ好きか？」

唐突に聞かれ、ティアは息をのんだ。

質問の答えに困ったからではない。

(アベルのこと、すっかり忘れていたわ)

ティアの頭の中はいつの間にかドラークでいっぱいで、アベルのいる場所などなくなっていた。

今以上好きになってはいけないのに、ドラークへの想いは、もはや歯止めがきかなくなっている。

先ほど一緒に町を歩いたとき、さらに好きになってしまった。

ティアは緩やかにかぶりを振った。

「もう好きじゃないわ」

「本当か？」

ドラークが、勘ぐるような目でティアを見てくる。彼に思いが伝わるように、ティアは声色を変えて強く言う。

「本当よ、まったく好きじゃない」

「――そうか、分かった」

ドラークが、ようやく納得したようにうなずく。

「それなら、かまわないな？　近々、俺とティアの婚約式を執り行おうと思っているんだが、その場にマクレド王国の王族も招待する予定だ。ユリアンヌの婚約者のアベルも呼ぶつもりでいる」

思いがけないドラークの言葉に、ティアは目を白黒させた。

「婚約式を、公の場で？」

「ああ、思い切り着飾った美しい姿を、やつらに見せるといい」

まさか仮初めの婚約者の身でありながら、大々的に婚約式を行うとは思ってもおらず、ティアは戸惑った。〝恥さらし王女〟として蔑まれてきたティアは、式典やパーティーには無縁の人生を送ってきたため、場違いな感じが否めない。

それに前ほどではないにしろ、ユリアンヌやアベルに会うのは、それなりに覚悟が必要だった。

（ドラークはこの国の王太子なのだから、きっと避けては通れない道なのだわ）

ティアは心の中で自分を納得させると、ドラークをまっすぐに見つめる。

「分かったわ。精いっぱい努めます」

「ありがとう」

ドラークはいつもの優しいまなざしで、ティアの決意に感謝の言葉を返してくれた。

ガブ！

《わはは！》

コロコロ……。

《わっはっは！》

「なるほど、これは興味深いな」

　ガイラーン城にあるティアの部屋に戻ってから、コロはすっかり夢中になって、ドラークに買ってもらったボールで遊んでいた。

　刺激を与えると笑い声を出すのが病みつきになるらしく、噛んでみたり、モフモフの手で転がしてみたり、忙しそうだ。

　ソファーに座ったティアは、そんなコロを眺めながら、ぼんやりとドラークのことを考えていた。

『菓子を食べてるとき、君は本当によく笑うな』

　ふと、ドラークの温かなまなざしを思い出す。

　ドラークは優しい。ティアの婚約者を演じているわけだから当然なのだが、この頃すべてが演技ではないようにも感じる。

　少なくとも、人として嫌われていないのはたしかだろう。

　仮初めの婚約とはいえ、婚約式までするのだから……。

（ひょっとして、ガイラーン王国を出ていかずに、このままいてもいいかしら？）

　そんな淡い期待が生まれて、ティアの胸をときめかせた。

　以前のティアなら絶対に期待などしなかったが、少し変わったらしい。それもこれも、ドラークがティアを大切にしてくれているからだ。

人は誰かに大切にされると、考え方が前向きになってくるようだ。

「やってしまった……！」

考えにふけっていたティアは、コロの声で我に返った。

コロが開いている窓の方を見ながら、シュンと耳を垂らしている。

「コロ、どうしたの？」

「すまない。ボールが窓の外に飛んでいってしまった」

「いいのよ、コロ。取ってくるからちょっと待っていてね」

ティアは部屋を出ていき、庭園に向かった。


（どこに行ったのかしら？）

ティアの部屋の下あたりをくまなく探したが見つからず、少し範囲を広げてみる。

すると、どこからか《わっはっは！》というボール独特の笑い声がした。

「カアッ!?」

驚いたようにカラスが鳴き、バサバサと羽音を響かせて飛び去る。

羽音のした方に顔を向けたティアは、色とりどりの花々が咲く花壇の近くに転がっている金色のボールを見つけた。

（あったわ）

ティアがそちらに駆けていき、ボールを拾おうとしたとき。

「オクタヴィアン殿下が盛大に婚約式を開かれるらしいけど、大丈夫なのかしら？」

そんな声がして、ティアは思わず聞き耳を立てる。

花壇に背を向け、ふたりの侍女が箒《ほうき》で地面を掃いていた。

「大丈夫って、何が？」

「クロエ様のことよ。王室と密接な関わりのあるウェルナー公爵家のご令嬢なんだから、参加しないわけにはいかないでしょう？　元婚約者としては、複雑な気持ちになるんじゃないかしら」

（元婚約者……？）

寝耳に水な話で、ティアはそこから一歩も動けなくなる。

「たしかにそうね。オクタヴィアン殿下が国を出たことで、やむを得ずクロエ様とオクタヴィアン殿下の婚約は破棄になったんでしょ？　まさかオクタヴィアン殿下が新たな婚約者を連れ帰るなんて、思ってもいなかったでしょうに」

「クロエ様はこれまで、どんな縁談も断ってきたと聞いたわ。ひょっとしたらオクタヴィアン殿下のことを、今でも想っているのかもしれないわね」

（まさか、ドラークに婚約者がいたなんて）

ティアの心臓が、ドクドクと不穏な音を鳴らしている。

考えてみれば、彼は魔法大国の王太子なのだ。決められた婚約者がいたとしてもおかしくない。

（本来の婚約者のクロエ様は、いったいどんな方なのかしら？ それにウェルナー公爵家って、どこかで聞いたことがあるような）

考えを巡らせたティアは、ハッと顔を上げる。

（そうだわ。ドラークが関所で衛兵たちに髪飾りを見せたときに、耳にしたのよ）

花の紋章の刻まれた、銅製の髪飾りを見るなり、衛兵たちは目の色を変えた。王家と関わりの深い公爵家特有の品を見せることで、ドラークは彼らの信頼を得たのだ。

（でも普通に考えて、王家の紋章がついたものを見せた方が、話が早かったんじゃないかしら？ もしかしたら、持っていなかったのかも。だけどあの髪飾りは大事なものだから、肌身離さず持ち歩いてるってこと……？）

ドラークのその行動が意味することは、簡単に推測できた。

ティアは息苦しさを覚える。

（ドラークは、ひょっとしてずっとクロエ様のことを想っていた？ だけど優しいから、私を助けるために、自分の気持ちを押し殺して婚約話を持ちかけてきたの？）

考えれば考えるほど、そうとしか思えなくなってきた。

（私、何をうぬぼれていたのかしら？　ドラークみたいな人が、私のことを本気で好きになるわけがないのに）

この世に、ドラークほど完璧な男性はいない。

性格と見た目はもちろん、肩書も申し分なく、最強の魔導士で剣技にも秀でている。

そんな人の伴侶に自分なんかふさわしくない――これまで〝恥さらし王女〟とさんざん蔑まれてきたティアが、再び劣等感に苛まれるのに時間はかからなかった。

侍女たちがいなくなってから、ティアはようやく立ち上がる。

そして重苦しい気持ちを抱えたまま、ボールを手に自室に戻っていった。


ついに訪れた婚約発表の日。

夕暮れを迎えたガイラーン城の自室で、間もなく始まるパーティーに向けて、ティアは支度をしていた。

「ティア様、本当にお美しいですっ！」

姿見の前に立つティアを見て、エルシーが目をキラキラさせている。

ティアは、この日のためにドラークが用意してくれた、ラベンダー色のドレスを身に着けていた。パニエでふわりと広がるデザインで、胸元や袖に、緻密な花模様の刺繍《しゅう》が施されている。白く輝く真珠がいたるところに縫い込まれ、圧倒されるような高級感を漂わせていた。

髪はハーフアップに結われ、耳元では光沢のある真珠のイヤリングが輝いている。

「こんなにも見事なドレスは初めて見ました！　オクタヴィアン殿下は、本当にティア様を大事になさっているのですね」

エルシーにうっとりと言われるが、ドラークに想い人がいると知っている今のティアは、素直には喜べなかった。

「ありがとう、エルシー」

曖昧に微笑むと、絨毯《じゅうたん》の上にちょこんと座って興味深そうにティアを見上げているコロと向き合う。

「コロ、行ってくるわ。ちょっとだけ留守番しててね」

「モウン……」

コロはやや不服そうである。ティアはどこに行くにしても、なるべくコロと行動をともにしているが、さすがに多くの来賓が集うパーティーには連れていきにくい。

するとノックの音がしてドラークが現れた。

「ティア、準備はいいか？」

金で縁取りされた二列ボタンの漆黒のジュストコールに、白のトラウザーズという、格式高い正装姿。金色の前髪は横に流され、いつもよりさらに気品に満ちている。

ドラークはドレス姿のティアを目にするなり、何も言わなくなってしまった。

慣れないドレス姿にそわそわしていたティアは、不安になる。

「……変かしら？」

ドラークが、ハッとしたような顔をした。

「そんなわけないだろう。まぶしいくらいに輝いてる」

「でも……」

「過去のことは何ひとつ思い出さなくていい。マクレド王国にいた頃のティアはもういないんだ。取り戻した本来の美しい姿を、皆に見せてやろう。俺が必ず君を守るから」

そんな優しい言葉をかけられたら、胸がきゅんとならずにはいられない。

「――分かったわ」

ティアは、素直にこくりとうなずいた。ドラークのことを全面的に信頼しているからだ。

ドラークが目を細め「行こう」と腕を差し出す。ティアは恥じらいつつも、ドラークの逞しい腕にそっと手を添えた。

会場となるガイラーン城の大広間には、すでに大勢の人々が集まっていた。

シャンデリアの輝く高い天井に、金細工の施された円柱、壁に掲げられた紋章のタペストリー。絢爛《けんらん》豪華な空間で、婚約式が始まるまでの間、貴族たちが挨拶や立ち話に興じている。

まずはここで婚約発表と舞踏会が執り行われ、その後部屋を移動して食事会が開かれるらしい。

ドラークとティアが大広間に足を踏み入れるなり、周囲がどよめきに包まれる。

「本当にオクタヴィアン殿下だ……！　国を出てから音信不通と聞いていたが、生きておられたのだな！」

「前よりもいっそう凛々《りり》しくなられたようだ。それに、強大な魔力を感じる。魔力を失ったと聞いたが、もとに戻られたのだな。本当によかった」

ドラークの隣にいるティアにも、特に女性から視線が集中している。

「あの方が、オクタヴィアン殿下のご婚約者のようね。突然お戻りになられたと思ったら、ご婚約者様までお連れになるとは驚きましたわ」

「それにしてもお美しい方。いったいどこで出会われたのかしら」

「ですが、クロエ様と婚約されていたはずでは？　クロエ様のことは、どうなさるおつもりなのかしら？」

品定めのような視線とさまざまな声に、ティアは居心地の悪さを覚える。

ドラークは自信のないティアを励ましてくれたが、後ろ盾となる身分がなく、容姿もいまいちな自分と彼とでは、やはり釣り合っていないと思う。

「オクタヴィアン殿下、お久しぶりです！」

すると、背中から女性に声をかけられた。立っていたのは、ウェーブした赤毛をアップスタイルにした、はっきりとした顔立ちの長身の美人である。美しい体のラインに沿った濃紺のドレスが、彼女の豊満な体つきを浮き彫りにしていた。

ドラークが振り返るなり、彼女がオレンジ色の瞳を潤ませる。

「本当に生きていらしたのですね!!」

「クロエ」

ドラークの声色が和らぎ、ティアの胸がズキンと痛んだ。

(この方がクロエ様なのね)

「君も、相変わらず元気そうだな」

「ああ、会いたかったです！」

ガバッと、勢いよくドラークに抱きつくクロエ。それを見ていたティアの心は張り裂けそうになった。

「魔力を失った本当の理由については聞きました。おつらい思いをされましたね」

「つらくはない。その件についてはもう解決しているからな」

どうやらマレタの一件は、周知の事実のようだ。

「クロエ様、オクタヴィアン殿下の婚約者様がいらっしゃる前で、なりません」

すると、クロエの隣にいた男性が、彼女の肩をつかんでやんわりとドラークから引き剥がす。

騎士団長のヴィクトルだ。相変わらず渋い雰囲気のイケオジである。

「ごめんなさい。子供の頃からしょっちゅうこうしていたから、うっかりしてしまって」

クロエはドラークから離れると、ヴィクトルに弁解し、ようやくティアに顔を向けた。

「はじめまして、クロエ・ライザ・ウェルナーと申します。許してくださいね。殿下とは幼なじみの間柄ですから」

「……いいえ、お気になさらないでください。ティア・ルミーユ・マクレドと申します」

クロエがにっこりと優雅に微笑んだ。

「本当にかわいらしい人。よろしかったら、今度お茶でもご一緒にいかがですか？あなたに話したいことがございますの」

クロエが、意味深な調子で言う。

「おい」と、ドラークが何かを言いたげに口を挟んだ。

ティアは、内心激しく動揺する。

（そうよね、本当の婚約者だもの。事情を知らないクロエ様が、私に言いたいことがあるのは当然よ。ドラークもこうなった経緯を説明できず、困っているんだわ。真面目な人だから、恩人である私に誠意を見せているのかもしれない）

考えれば考えるほど、気持ちが重く沈んでいく。それでも微笑を浮かべていなければならない状況は、なかなか過酷だった。

そのとき、高らかなラッパの音色が、大広間に響き渡った。

「国王のご登壇に先立ちまして、国外からのお客様のご入場です」

大臣の声を合図として、扉から次々と来賓が入ってきた。

諸外国の王をはじめ、重鎮ばかりで、大広間は拍手喝采に包まれる。

「結婚式ならまだしも、婚約式に国外からも来賓を呼ぶなど、前代未聞です。此度《こたび》のご婚約、国王陛下もたいそうお喜びになられているようですな」

沸き立つ会場の空気の中、ヴィクトルが感心したように言う。

「当然だろう。ティアはこの国の救世主なのだから。こんなものでは足りないくらいだ」

ドラークがそう答えたときのことだった。

最後に入ってきた来賓の姿が目に入り、ティアの心臓は止まりかける。

それは忘れもしない、祖国の家族だった。

派手な赤地のジュストコールに身を包んだマクレド国王に、まるでウェディングドレスのように真っ白なドレスを着たユリアンヌ、それから彼女の婚約者となった白の騎士服姿のアベルもいる。

(覚悟はしていたけど、実際に会うと、息が苦しいわ)

すると、凍える手のひらがふわりと温もりに包まれた。

ティアの異変に気づいたドラークが、すかさず手を握りしめてくれたのだ。

「大丈夫だ、ティア。言っただろう？　過去のことなど何ひとつ思い出さなくていい。俺が必ず君を守るから」

ハッとしてドラークに顔を向けると、濁りのない金色の瞳と目が合う。

ドラークは過去に囚われ、劣等感に溺れそうになるティアに、何度でも自信をくれる。ティアにとってはもはや、世界を照らす光のような存在だった。

「分かったわ、ドラーク」

深くうなずいたティアに向けてドラークが笑みを浮かべたとき、ユリアンヌがこちらを見た。そしてドラークに気づくなり、分かりやすく表情を輝かせる。

（隣に婚約者がいるのに、現金なものね。オクタヴィアン殿下が、かつて皆に恐れられていた悪魔騎士だとは、まったく気づいていないのかしら？）

ユリアンヌの浅ましさは前から知っていたが、愛する人に不埒《ふらち》な感情を抱かれた今、ティアは激しい不快感を覚えた。

すると今度は、ユリアンヌの視線がティアへと移る。

とたんにユリアンヌは青ざめ、マクレド国王の腕をつかむと、こちらにも聞こえるほどの声量で「お父様、見て……！」と叫んだ。

アベルもティアに気づき、目を大きく見開く。それから凍りついたかのように動かなくなった。

マクレド国王は、ティアを見るなり顔に露骨な憎悪を浮かべた。

さんざんティアを蔑んできた父の表情の変化にティアは震え上がったが、ドラークが大丈夫だとでも言うようにぎゅっと手を握りしめてくれたので、どうにか持ちこたえることができた。

「続きまして、我らが栄光、国王陛下のご入場です」

ちょうどそのタイミングで再びラッパの音が鳴り響き、ガイラーン国王が大広間に現れた。

ガイラーン国王の隣にいつもいたマレタがいないにもかかわらず、それを疑問視する声はなかった。クロエ同様、国内の貴族は皆、マレタの一件について知っているようだ。そしてあえて言及せず、気まずい空気を漂わせている。

ガイラーン国王が威厳ある声で、簡単な挨拶を述べた。

それから今宵の主役である、ドラークとティアを自分のそばへと呼ぶ。

「我が息子オクタヴィアンだ。悪しき者に苦しめられ、旅に出た末に愛する者を見つけた誉れ高き王子である。こちらはその婚約者のティアだ。どうかふたりを祝福してやってほしい」

ガイラーン国王が感極まった声でふたりを紹介すると、今日一番の拍手が、会場に湧き起こる。

幸せそうな笑みを浮かべている人、自分のことのように泣いている人――ドラークがこの国の人たちにどれほど愛されているかを感じ取り、ティアはうれしくなった。

だが、中には例外もいる。マクレド王国から来た面々だ。

マクレド国王は怒りで顔を真っ赤にし、アベルは反対に青ざめている。

外では慎ましやかな顔を決して崩さないユリアンヌですら、唇をわなわなと震わせ、見るからに怒りをこらえていた。恋焦がれたオクタヴィアン王子の婚約者が、さんざん自分が馬鹿にしてきた愚姉と知り、納得いかないのだろう。

「ガイラーン国王!!」

我慢がならなくなったのか、マクレド国王が叫んだ。場違いな怒りの声に驚いた人々が、拍手をやめ、場が静まり返る。

「そなたに言いたいことがある!」

マクレド国王が、一歩前に出た。

「数ヶ月前から我が国は、度重なる水害に悩まされ、多くの民が苦境に立たされている。それまでは太陽に恵まれた豊穣の国であったというのに。一方の貴国は、ちょうど同じ頃から、太陽に愛され気候に恵まれているというではないか。魔法大国の貴国のことだ、特殊魔法で我が娘の風の精霊の力を奪ったのだろう」

憎々しげに語るマクレド国王が、そんなユリアンヌが涙を流している。

マクレド国王の隣で、ユリアンヌが涙を流している。

「優しい娘ユリアンヌは、このとおり、民を思って日々涙しておる。ユリアンヌの風の精霊の力を奪った貴国の暴挙は、とうてい許されるものではない。そして今分かった。そこにいる女が、貴国に精霊の特性について情報を流し、此度の暴挙にひと役買ったのだろう」

確信めいた口調で言うと、マクレド国王はびしっとティアを指差した。

「その女は我が国の王女だった者だ。なんの取り柄もない恥さらしだったがな。そのうえ妹に対して数々の狼藉《ろうぜき》を働き、罪人として追われている身だ。性悪なその女の考えそうなことだ！」

ハッと吐き捨てるようにマクレド国王が言った。

とてもではないが、娘に対する父親の発言とは思えない言葉の数々に、ティアは吐き気をもよおす。

だがドラークの手の温もりが、ティアに勇気をくれた。

（大丈夫よ、大丈夫。この国には私を認めてくれる人がたくさんいるもの）

ティアが歯を食いしばっていると、今度はユリアンヌが泣きながら前に進み出た。

「オクタヴィアン殿下、騙されてはなりません！　姉は嘘ばかりをつく罪人なのです！　どうか姉との結婚を考え直してください！　私、オクタヴィアン殿下のことが心配で……」

ユリアンヌの必死の形相と声は、とてもではないが偽りには見えなかった。長年心優しい王女を演じてきたので、すっかり板についているのだろう。

辺りがザワザワと騒がしくなった。

中には、ユリアンヌの演技に騙されている貴族もいるかもしれない。そんな不安が再びティアに襲いかかる。

するとドラークが凄《すご》むような声を出した。

「お前、本当に俺の正体に気づいていないのか？」

「え？　オ、オクタヴィアン殿下……？」

きらびやかな彼のイメージに似つかわしくない冷ややかな声と『お前』呼ばわりに、ユリアンヌが面食らっている。

「とことんまで愚かで醜いな」

「み、醜い……!?」

ユリアンヌの声が裏返った。

彼女の隣に立っているアベルが目を見張る。

「その声……まさか、ドラーク・ギルハンなのか？」

「ドラークって、マクレド王宮騎士団にいたあの薄気味悪い悪魔騎士のこと!?」

ユリアンヌが、驚きの声を上げる。だがすぐに取り乱したことに気づいたのか、コホンとひとつ咳払いをして、落ち着いた声を取り戻した。

「ですが、アベル様。ドラーク・ギルハンとは髪も目の色も違うじゃないですか。あの悪魔騎士は黒髪に紫の瞳のまがまがしい容姿をしていましたが、金髪金眼のオクタヴィアン殿下は、輝くようにお美しいですわ」

するとドラークがあきれたような顔をする。

「ユリアンヌ殿下、アベルの言っていることは合っていますよ。俺はかつてまがまがしい呪いをかけられ、魔力を失って、悪魔の装いへと変貌しました。だからやむを得ず国を出て、マクレド王国で騎士として働いていたのです。悪魔騎士と揶揄《やゆ》されながら」

「うそ……」

ユリアンヌは完全に言葉を失っていた。

あれほど憧れていたオクタヴィアン王子が、まさか何年も自分の近くにいたとは、思いもしなかったのだろう。

(顔立ちは変わっていないから、分かりそうなものだけど)

オクタヴィアン王子の顔を知らなかったティアがドラークの正体に気づかなかったのはまだ分かる。だがユリアンヌはオクタヴィアン王子の顔を知っていて、しかも恋焦がれていたはずなのに、気づかないものなのだろうか?

きっと、オクタヴィアン王子の肩書と、輝かしい見た目を好きだっただけなのだろう。ティアはユリアンヌに対して心から腹が立った。

「——だとしたら、なぜ急に呪いが解けたのだ? 不可解だな」

事の成り行きを見守っていたマクレド国王が、言葉を挟む。

するとドラークが笑みを深め、唐突にティアの肩を抱き寄せた。

「愛する婚約者のおかげです」

そしてまるで常日頃からしているかのような自然な造作で、ティアの頬にキスをした。「きゃあああっ!」と令嬢たちが絶叫している。

呆気に取られているユリアンヌに対し、アベルはものすごい剣幕でティアとドラークを睨んでいた。

マクレド国王が、眉をひそめる。

「ティアのおかげだと？」

「はい。彼女についている太陽の精霊が、俺の呪いを浄化してくれたのです」

人前だというのに、半ばティアを抱きしめているような格好で、ドラークが言う。

「太陽の精霊だと⁉」

「太陽の精霊ですって⁉」

驚いたマクレド国王とユリアンヌの声が重なった。

ユリアンヌがわなわなと震え、怒りで美しい顔を醜悪に歪《ゆが》める。

「そんなのでたらめです！　先ほども申したように、オクタヴィアン殿下は騙されているのです！　姉は私が大事にしていた母の形見を盗み、我が国から追われている罪人なのですよ！　姉は強欲で人を騙すことに長《た》けているのです！」

「騙しているのはどちらでしょうか」

ドラークは待ってましたと言わんばかりに、懐から黒くて四角い魔石を取り出した。

「これは音を吸収する魔石です。俺が貴国に送った密偵が、かつてマクレド城の侍女頭を務めていた女性から、聞き捨てならない証言を得てきました」

　ドラークが言うや否や、魔石が金色に光り、明朗な声が会場中に響き渡った。

『形見分けの際、ユリアンヌ殿下が金目のものを持っていき、唯一いらないと言ったあの薬を、ティア殿下が譲り受けたのです。前々から、ユリアンヌ殿下は自分に不都合なことがあるとすべてティア殿下のせいにしていました。それをやんわり咎めたら、突然解雇されたのです。真実を話したら、私の両親に危害を加えると脅されて……』

「スーザンの声ではないか……」

　マクレド国王が青ざめ、ユリアンヌに疑わしげな視線を送る。

「……どういうことだ？」

　ユリアンヌの表情が、目に見えて焦った。だがユリアンヌは、すぐに青い瞳をうるうるとさせる。

「ひどい、こんなのでっちあげです！」

　ユリアンヌにしがみつかれ、マクレド国王が我に返ったように顔に憎しみをみなぎらせた。

「そうだ、ユリアンヌがそのようなことをするわけがない、でっちあげに決まっている。おおかた魔法を使って、スーザンの声を捏造《ねつぞう》したのだろう、卑怯だぞ！」

するとドラークが、口角を上げて微笑んだ。

「ほかにも証拠はございます。なんならすべて流しましょうか？」

いったいどうやってそんなに大量に隠し持っていたのか、ドラークは同じような魔石を次から次へと懐から取り出した。

「侍女にわめき散らしている声、ティア様の悪口を言っている声、いろいろありますよ。さあ、どれからにしましょう？」

「声を捏造する魔法を使えば、そんなものはいくらでも用意できる。なんの証拠にもならんな」

マクレド国王は焦ったように目を泳がせながらも、堂々と答えた。

「そのような魔法はございません。では、ユリアンヌ殿下の贅沢ぶりが分かる財政調書をお見せしましょうか？　ティアが王室から支給されていたわずかな生活費のほとんどを、孤児院に寄付していた証拠の文書も」

「う……っ」

ユリアンヌが言葉に詰まり、真顔になった。

ドラークの自信に満ちた表情を見ていたら、さすがにすべてを疑うことはできなくなったのだろう。ユリアンヌを見るマクレド国王の顔に、迷いが生じる。

ユリアンヌが慌てたように声を張り上げた。

「そんなことより……っ!! ティアが太陽の精霊使いだというたわ言をきっぱり否定してください！　偉大なる太陽の精霊に対する侮蔑行為ですわ！　姉は精霊なしの恥さらしなのですから！」

ドラークの顔に、サッと影が差した。

「恥さらしなのはあなた方です。マクレド王国に太陽が出るようになったのはすべてティアのおかげだったのに、感謝するどころか、さんざんな仕打ちをしてきたのですから」

ドラークがガイラーン国王と目を合わせる。

事前に示し合わせていたのか、ガイラーン国王はうなずくと、そばに控えていた侍従に何かを告げた。

すると侍従が会場を出てき、重々しい箱を手にして戻ってくる。ガイラーン国王が、その箱から年季の入った手鏡を取り出した。

「これは我が王室に伝わる秘宝のひとつ、〝真映《しんえい》の鏡〟だ。人間の真の姿を映す鏡で、古代では死霊と人間を見分けるために使われたそうだ。精霊がついていればその姿も映る」

「おおおっ！」と会場がざわつく。

「あれが伝説の秘宝のひとつか！　まさか見られる日が来るとは」

王室の秘宝は、本来秘されるものであり、表に出ることはない。それほどの覚悟を決めて、ガイラーン国王は真映の鏡をこの場に持ち出したのだ。

ユリアンヌが眉をひそめた。

「本当でしょうか？　うさんくさい話ですわね」

「ならば試してみるといいでしょう。あなたについている風の精霊が映れば、信じていただけますか？」

ドラークに促され、ユリアンヌがしぶしぶ前に出る。ガイラーン国王から渡された真映の鏡を、ドラークがユリアンヌに向けた。

すると鏡から、青い光とともに涼やかな風が吹く。姿形を持たない精霊の場合、真映の鏡を向けられることによってその力が引き出され、存在を示すらしい。

「なんと清涼感のある風だ。やはりそなたについている風の精霊は質がいい」

マクレド国王が満足げに言い、ユリアンヌもうなずいた。

「どうやら本当に人間の真の姿を映すようですね」

「ご理解いただけたでしょうか？　では次は、ティアの番です」

「はい……」

ティアは、おずおずとドラークがかざした鏡の前に立った。

ところがティアの場合は、ユリアンヌのときのように、鏡が光ったり風が吹いたりというようなことは起こらなかった。

代わりに鏡には、犬の頭を持つ、見るも恐ろしい獣人の姿が映し出される。

「なんだ、あれは」

「まあ、なんて恐ろしい見かけなの！」

会場内が恐怖にのまれた。ティアも唖然として鏡を見つめる。

（まさかこれが、コロの本当の姿なの？　ちょっとかっこよくはあるけど、絶妙にかわいくないわ……！）

あのモフモフのかわいいコロが、こんなマッチョな体をしているなんてと、ティアはショックを受けた。周りの貴族たちとティアの反応を見たユリアンヌが、クスッと笑ったあとで、憐れむように言う。

「精霊は姿形を持ちません。ティアには何かがついているようですけど、精霊ではないようですわ。かわいそうに、まがまがしい悪霊につかれているのかもしれませんね」

だがそのとき。

「ユリアンヌ、口を慎め!!」

マクレド国王の怒号が飛んでくる。

尋常じゃないほど真っ青になっている彼の姿に、ユリアンヌをはじめとした周囲の人々が静まり返った。

「愚か者め。精霊は姿形を持たないが、高貴な精霊は例外だということを知らんのか？　精霊の国の王女として生まれ、いったい何を学んできたのだ⁉」

マクレド国王はガタガタと震えながら、獣人の姿を映した真映の鏡の前に膝をついた。

「見れば見るほど、文献に載っているお姿そのままだ……。この方は紛れもない、我が国に伝わる太陽の精霊だ。なんてことだ、まさかティアに、高貴なる太陽の精霊がついていたとは……！」

ユリアンヌは、あまりの衝撃になすすべがないようで、もはや放心状態だった。アベルの方も、真っ青を通り越した白い顔で立ちつくしている。

ドラークが真映の鏡を下げ、ティアの耳元で囁いた。

「もう大丈夫だ。よく頑張ったな」

愕然としているマクレド国王、ユリアンヌ、アベルの三人を眺めながら、ガイラーン国王が満面の笑みを浮かべる。

「このような素晴らしい女性を手放してくれたことを、心より感謝する。おかげで我が国は天候に恵まれ、豊作が期待できるようになった。失いつつあった国力もいずれ回復するだろう」

ガイラーン国王の豪快な笑い声が、大広間に響き渡った。

「それだけではない。太陽の精霊は近くにいる者に力をくれる。貴国での修行のおかげで、魔法だけでなく剣まで扱えるようになったオクタヴィアンは、ティアの支えのもと今後ますます強くなるだろう。オクタヴィアンが王位についた際には、史上最大の国家となるに違いない」

アベルがハッとしたようにティアを見た。その顔色はもはや死人同然である。

マクレド国王もユリアンヌも、これ以上は言葉が出ないようだった。非難の目が集中する中、うつむき、ただただ唇を震わせている。

その後は、始めの修羅場が嘘のように、婚約式はつつがなく進行した。

屍のようになってしまったマクレド王国から来た三人は、気づけば会場から姿を消していた。

舞踏会の時間となった。

ドラークが、さっそくティアをダンスに誘う。

「ティア嬢、どうか俺と踊ってください」

「──はい」

今宵の主役の婚約カップルがファーストダンスを踊るのは、当然の流れだ。

ティアがドラークに導かれ、大広間の中心に向かうと、会場中から羨望の視線を浴びる。優雅な管弦楽の音色とともに、ふたりはステップを踏み始めた。

ティアを見つめるドラークのまなざしは、溶かされてしまいそうなほど熱い。

「我が国独自のダンスのはずだが、俺よりもずっと上手だな」

「ダンスの先生の教え方がうまいのよ」

日々の妃教育が早くも功を奏してうれしい。

「それにしても習得が早い、君は本当に努力家だな」

ティアの努力を認めてくれるドラークの言葉が、じんわりと染み入って、心の傷を癒やしていく。

ティアだけを見つめる瞳、慈しみ守ろうとするような手の動き。

ドラークの一挙手一投足に意識が集中し、彼のこと以外考えられなくなる。

彼の体温を間近に感じるだけでどうしようもないほど気持ちが高ぶり、同時に切なさで胸がぎゅっとなる。

（ああ、私、本当に……ドラークが大好きなのね）

こんなにも尽くされて、好きにならない方が無理だ。

そのときティアの視界に、こちらを食い入るように見ているクロエの姿が入る。咎めているようにも感じる鋭いまなざしに、ティアの心臓が不穏な音を鳴らした。

ドラークも、踊りながらクロエを気にしているようだ。

もともと婚約者だったドラークとクロエは、おそらく今も惹かれ合っている。

（……マクレド王国の人たちの前で、私が無実だということが証明されたからには、これ以上ドラークの婚約者でいる必要はないわ。もうどこへ行っても、マクレド王国の追手に捕まる心配はないもの。ドラークが私を婚約者にしたのは、あくまでも私を助けるための手段にすぎないんだから）

ドラークのことを深く好きになってしまったからこそ、彼のためになるべく早くに身を引くべきだと、ティアは改めて思った。

「ティア、どうかしたか？」

思いが顔に出てしまったのか、ドラークが心配そうに聞いてくる。ティアは急いで笑顔を作った。

「どうもしないわ、慣れないダンスで疲れたみたい」

「パーティー開始早々、いろいろあったからな。このダンスが終わったら、しばらく休むといい」

「ええ、そうするわ。ありがとう、ドラーク」

ファーストダンスが終わり、ティアは椅子で休むことにした。すると、ひとりになったドラークのもとに、クロエが駆け寄ってくる。

クロエはドラークの腕をつかみ、真剣な様子で何かを話していた。

そうこうしているうちに二曲目の音楽が流れ、ふたりはそのままダンスを踊り始めた。

「見て、クロエ様が踊られているわ。相変わらず優雅でお美しいわね」

「クロエ様は国一番ダンスがお上手と評判ですもの。おふたりとも背がお高いからよくお似合いだわ」

周囲の声が、容赦なくティアの耳に届く。

耐えられなくなったティアは、椅子から立ち上がり、人に気づかれないように会場を離れた。

ぼんやりと歩いているうちに、廊下の先にあるバルコニーにたどり着いた。

階段を下りて庭園に出ると、月明かりの下、色とりどりの花々が咲き誇っていた。

星屑《ほしくず》が煌めく夜空を見上げながら、ティアはため息をつく。

(ドラークの幸せを願いたいのに、うまくいかないわ)

ドラークとクロエが一緒にいる姿を見ただけでこんなにも傷ついているなんて、先が思いやられる。

(なるべく早くにこの城を出ていった方がいいわね)

この国に自分の居場所はないともう分かっているのに、ティアによくしてくれている人たちや、救護院で関わりを持つようになった人たちを思い浮かべると、胸がモヤモヤした。

この国を離れたくないと思ってしまう。

白いバラの咲き誇る花壇を横切ったときのことだった。

「ティア」

ふいに名前を呼ばれ、振り返ると、まさかのアベルが立っていた。

ティアは驚きのあまり凍りつく。

「……アベル？」

婚約式が始まって早々に立場をなくし、部屋に引きこもったものと思っていたのに、まさかこんなところで出くわすとは。

「……ユリアンヌとお父様は？」

「そんなことはどうでもいい。ずっと君と話がしたいと思っていたんだ」

アベルは、最後に会ったときからは想像もつかないような親しげな笑みを浮かべ、ティアの方に迫ってきた。ティアは恋人だったとき以上に近い距離感に戸惑い、後ずさる。

「ティア、会いたかった。それに、すごくきれいだ。ちゃんとした格好をすれば、こんなにもきれいだったんだな。知らなかったよ」

「ええと……」

自分からフッておいて、この人はいったい何を言っているのだろう？

ティアが薬を盗んだという濡れ衣を着せられたときも、きっとユリアンヌの言い分だけを信じて、助けようとも思わなかったに違いない。

それに今さらきれいと言われても、うれしいどころか気味が悪い。背筋にゾゾッと怖気が走り、ティアは身を守るように自分で自分を抱きしめた。

「私は……会いたくはなかったわ」

そのひと言を返すだけで精いっぱいだ。

するとアベルが、張りつけた笑みをスッと消す。

「ティア、目を覚ませ。お前はドラークに騙されてるんだ」

「騙されてる……？」

聞き捨てならないアベルのセリフに、ティアは眉根を寄せた。

「ドラークは君に太陽の精霊がついていると知って、たぶらかしてこの国に連れてきたんだ。本当に君を愛しているわけがない」

「ドラークは、最初から私に太陽の精霊がついているとは思ってもいなかったようよ。分かったときに驚いていたもの」

「そんなの、演技に決まってるじゃないか」

アベルに嘲笑《あざわら》うように言われ、ティアはムッとした。

彼は、ドラークがどれほどまっすぐで澄んだ心の持ち主か知らないのだ。

（このままアベルと話しても、気分が悪くなるだけだわ）

「……もう行くわね」

ティアは目を伏せ、速やかにアベルの前から立ち去ろうとした。ところがアベルの手が、ガシッとティアの腕を捕らえる。

「待てよ、ティア。君にガイラーン王国の王太子妃なんて務まるわけがない。考え直せ」

「……それなりに努力してるわ。妃教育に励んだり、救護院で人々と関わったりして」

「救護院だと？」

　ハッとアベルが乾いた笑い声を響かせる。

「そんな汚れ役を担っているのか？　やはりガイラーン王国は、自分たちの利益のために、君を利用しているにすぎないようだ。用がなくなったら、お払い箱にされるに決まっている」

　アベルにぐいっと腕を引かれ、ティアは「きゃっ」と悲鳴を上げた。体のバランスが崩れ、アベルの胸に飛び込みそうになったが、どうにか地面に足を突っ張って耐える。

「俺が本当に好きなのは君だ。だが王命で、ユリアンヌと婚約するしかなかった。婚約は解消してもらうから、マクレド王国に戻ってこい」

「絶対に嫌」

「つれないことを言うなよ」

（嫌って言ってるのに、どうしてこんなにしつこいのかしら？）

これ以上ないほどの嫌悪感を抱きつつ、アベルを睨む。

琥珀色の瞳は、揺るぎない自信に満ちていた。

彼は、こんな状態になってもなお、ティアが自分のことを好きなままだと信じて疑っていないのだ。

「私が好きなのは、あなたじゃないわ」

ティアは、はっきりと自分の気持ちを口にした。

曖昧なことを言っても、彼には通用しないと思ったからだ。するとアベルの顔が、みるみる赤らんでいく。目は血走り、激昂《げきこう》しているのがひと目で分かった。

「少し優しくしたからって、つけ上がりやがって……！」

アベルは押し殺したような声を出すと、ティアのドレスの胸元をつかみ上げた。

アベルのこんなにも醜く歪んだ顔を見るのは初めてで、ティアは恐怖に怯える。

ところが。

――ドゴオオォン!!

雷のような音とともに閃光《せんこう》が弾け、ティアの前からアベルの体が吹っ飛んだ。

瞬間、ティアの体がふわりと温もりに包まれる。

いつの間に来たのか、ドラークがティアを背中から抱きしめていた。先ほどの閃光は、彼が魔法を使ったのだ。

「ティア、遅れてすまない」

大好きな人の声がして、ティアはホッとするあまり泣きそうになった。やはり、ドラークはどこまでも優しい。

「く……っ！」

アベルが苦しげに呻《うめ》き、頭を抱えながら起き上がる。先ほどの衝撃で、服のあちこちが擦り切れ、頬や額にも傷を負っていた。

「この、悪魔騎士め……！」

忌々しげにそう言い放つアベルに、ドラークがまた雷魔法を放った。

――ドゴオオォン!!

「うわぁぁ！」

再び地面に激しく体を打ちつけられ、アベルが悲鳴を上げる。

「アベル。ずいぶん弱ったたな。ティアがいないと、しょせんお前などこんなものか」

アベルは怒り狂った顔でドラークを睨みつけたが、ボロボロになった体では反撃できないようだ。そもそも、もはやティアの加護を受けていない彼が、魔力を取り戻したドラークに太刀打ちできるはずがない。

「めでたい場を血で汚したくないから、命だけは助けてやる。ほかのふたりを連れて、今すぐにこの城から出ていけ、そして二度とティアの前に姿を現すな」

ドラークはティアを抱きしめながら、アベルに向かって冷たく言い捨てた。

アベルは怒りに顔を歪めたまま、何も言わずに、傷ついた体を引きずるようにしてティアとドラークの前から立ち去った。

アベルの姿が見えなくなってから、ドラークがひょいとティアを横抱きにする。

「ドラーク⁉」

「ひどい目に遭ったあとだ、もう会場に戻らなくていい。部屋に戻って休もう」

ドラークはティアを抱えたまま、廊下を進んでいく。

「ひとりで大丈夫だから、ドラークは会場に戻って」

「君をひとりにしたくない」

ドラークはティアの言うことには聞く耳を持たず、部屋まで運んでくれた。

ベッドの上に寝かせられ、慈しむように頭を撫でられる。

「つらい思いをさせてすまなかった。だがもう大丈夫だ、ティア。もう二度とあいつを君に近づかせない」

ドラークの手つきがあまりにも優しくて、ティアは目頭を熱くした。

洟を啜り上げると、ドラークの声に怒りがこもる。
「なぜ泣いている？　あいつに何かされたのか？」
「いいえ、違うわ」
ティアは両手で顔を覆ってかぶりを振った。
アベルにされたことなど、もはやどうでもいい。あんな最低な男に振り回されてい
たことに気づけて感謝したいくらいだ。
ティアが泣いているのは、ドラークのことがこんなにも好きなのに、これ以上彼の
そばにいられないからだ。
「じゃあ、なぜだ？　あいつのほかにも君を泣かせたやつがいるなら、俺が今すぐ
行って制裁する」
ドラークの声が刃のように鋭くなる。冗談には思えず、ティアはとっさに本音を吐
いた。
「違うの。ドラークに申し訳なくて泣いてるの」
「俺に申し訳ない？　どういうことだ？」
「あなたには想う人がいるのに、心に蓋《ふた》をして、恩返しのために私を婚約者にしてく
れたから……」

ドラークが息を止めたのが分かった。

やがて発せられた、心底不快そうな声。

「心に想う人とは、どういうことだ？」

「元婚約者のことを、今でも想っているのでしょう？　彼女の家紋の入った髪飾りを、肌身離さず持ち歩いているくらい」

「クロエのことか……」

ドラークがつぶやいた。

（やっぱり図星だったのね）

ティアがズタズタな気持ちになっていると、なぜかとびきり優しい声で名前を呼ばれる。

「ティア」

「彼女は関係ない。俺が好きなのは君だけだ」

ストレートな言葉が胸に刺さって、ティアは思わず顔を上げた。

ドラークは怖いほどまっすぐにティアを見つめていた。

甘く、情熱的で、どこか寂しげなまなざし。

ドラークの瞳に魅せられ、ティアは時が止まったかのような感覚に陥った。

「あの髪飾りを持ち歩いているのは、母の形見だからだ」

「お母様の形見……？」

「ああ。母はウェルナー公爵家の出自なんだ。クロエは、母の従兄の娘だ。つまり俺とははとこの関係にある。俺はあの髪飾りを形見として大事にしているだけで、クロエとはなんの関係もない。彼女は副騎士団長を務めているから、関わる機会も多いが、俺たちは間違ってもそんな間柄ではない」

「えっ、クロエ様は副騎士団長なの？」

思いがけないクロエの素性に、ティアは驚きの声を上げた。

「ああ、そうだ。もっと早くに伝えるべきだった」

クロエは公爵令嬢でありながら、剣技を磨き、副騎士団長にまで上りつめた女傑だったらしい。

「俺は、君以外の女性を好きになったことは一度もない」

思いがけないドラークの告白を、ティアは信じられない気持ちで聞いていた。

言葉だけが頭の中をふわふわと漂って、まるで現実味がない。

「君に恋人がいようと、ずっと想い続けてきた。君が幸せなら、それで満足だったんだ。君に求婚したのは、単純に君が好きだからだ。君を救うための結婚と思わせたのは、俺が臆病だったからだ」

「でも私、クロエ様に『話したいことがある』と言われたの。クロエ様が、私にどんなお話があるの？　あなたを返してほしいと言われるとしか考えられなくて」

「あー、それは……」

ドラークが困ったように頭をかいた。

「俺の子供の頃の失態を、君に話すつもりなんだろう。以前、俺がヴィクトルにクロエが子供の頃におねしょをした話をしたから、根に持っているんだ」

「おねしょ……？」

あの華やかなクロエとおねしょという単語が結びつかず、ティアは少しの間混乱する。

「それも、どうしてヴィクトル騎士団長に知られたくないの？」

「あいつは、長年ヴィクトルに一途に片思いしているんだ。年の差のせいか、難航しているようだがな。彼女に縁談が舞い込むのを防ぐために、俺と婚約しているフリをしている時期もあった。こちらとしても縁談話にうんざりしていて、利害が一致していたから、当時は問題なかったが。君に誤解させてしまったようで、今になって後悔している」

「え……っ」

（じゃあ、ドラークとクロエ様の婚約は、ただのカムフラージュだったってこと？）

「でも先ほども、クロエ様は率先してドラークと踊っていたわ。あなたが好きなように見えなかった」

「さっきは、ヴィクトルのことを相談されていたんだ。俺は相談役には向いていない性格なんだが、あいつには腹を割って話せる友達がいないんだろう」

たしかに思い起こせば、クロエはいつもヴィクトルの近くにいた。

あれはたまたまではなく、意図してクロエの方から近づいていたということか。

（まったく想像もしていなかったわ）

ドラークのような人がティアを好きになるわけがないという自信のなさが、誤解を招いていたようだ。

『君に恋人がいようと、ずっと想い続けてきた』――先ほどのドラークの言葉が耳によみがえり、心を揺さぶる。

（ずっと想い続けてたって、いつからなのかしら？　まさかマクレド王国にいた頃の〝恥さらし王女〟を、彼は好きになったというの……？）

「急に想いをぶつけてすまない。本当は、もう少しあとで伝えるつもりだったんだ。

だが誤解されたままでは許せず、打ち明けてしまった。重荷なら――」

「私も、ドラークが好き」

羞恥からか、不自然に饒舌《じょうぜつ》になっているドラークを見ていたら、ティアは自分でも驚くほど素直にそう言葉にしていた。

「大好きなの……」

抑え込んできた想いが一気にあふれて、目頭を熱くする。

彼へのはち切れんばかりの気持ちを表現するには、おびただしい数の言葉が必要なはずなのに、そんなありきたりのセリフしか出てこない。

目を潤ませるティアを見て、ドラークもほんの少し泣きそうな顔をした。

いつも冷静で強い彼の、こんな無防備な表情を見るのは初めてだ。

「……アベルのことはもういいのか?」

「前も言ったでしょ、今はなんとも思っていないわ。私の頭の中は、あなたのことでいっぱいなのよ」

涙目で微笑んでみせると、ドラークも柔らかな笑みを浮かべる。

お互いの気持ちが通じ合った今、ふたりの心がひとつになっていくのを感じた。

「ティア」

ゆっくりと瞬きをしたあとで、ドラークがいつもより低めの声で囁く。

「キスしたい。していいか？」

「……そんなの、聞くものなの？」

「したことがないから分からない。君が嫌がることはしたくないと思っただけだ」

彼の言葉は、いつだって正直でまっすぐだ。

ティアは、顔を赤らめながらもこくりとうなずいた。

ドラークが、ためらうようにしながらも顔を近づけてくる。

吐息が触れ合い、唇が重なった瞬間、〝恥さらし王女〟と呼ばれて生きてきたティアの世界は薔薇色に染まった。

それは、溶けてしまいそうなほどに甘くて優しいキスだった。

第五章　祖国の滅亡

マクレド王国では、相変わらず雨が続いていた。

国王の執務室にて、アベルは重い気持ちで外の雨景色を眺めていた。

一日も絶えることなく降り続け、マクレド王国をのみ込もうとしている豪雨を、この頃は魔物のようにすら感じている。

げっそりと頬のこけた国王の執務机には、書類が山積みになっていた。各所で起こっている災害がもたらした被害の対応を求めるものである。

書類の束の横に転がっている空の酒瓶は、国王のやる気のなさを物語っていた。

「ガイラーン王国のやつらめ、ティアを誘拐しおって！」

マクレド国王が、ドンッと執務机を拳で叩く。机の上に置かれた酒瓶が数本倒れ、絨毯の上に落ちて転がっていった。

「ティアは私の娘だ、こんなことが許されるとでも思っているのか⁉　戦争をしかけてでも取り戻してやる‼」

マクレド国王は血眼になって、アベルが何回聞いたか分からないセリフを吐いた。

（ガイラーン王国から戻ってから、ずっとこの調子だ。太陽の精霊使いのティアもいるのに、あの国に戦争をしかけても勝てるわけがない。悔しさから、分別すらつかなくなったようだな。ユリアンヌは部屋にこもりきりだし、この国はもう終わりだ）

アベルは冷めた目で、取り乱す国王を眺めた。

ガイラーン王国でのあの出来事以降、マクレド国王はすっかりユリアンヌに冷たくなっている。

『お前が虚言など吐かなければ、ティアをそばに置いて、太陽の精霊使いであることも見抜けたのに！』

ユリアンヌに向かって、そう忌々しく言い捨てたマクレド国王の形相を、アベルは忘れることができない。今まで目に入れても痛くないほどかわいがっていただけに、態度の変化は歴然だった。

そのうえマクレド王国に帰ってみると、ティアが太陽の精霊使いだったこと、ガイラーン王国のオクタヴィアン王子の婚約者となったことが、異常な速さで広く国民にまで知られていた。

おそらく、ガイラーン王国での婚約式の際、あの騒動を目撃した国外の来賓たちが、噂を広めたのだろう。

ショックを受けたユリアンヌは、部屋に閉じこもり、一歩も外に出なくなってしまった。

とはいえアベルとしては、ユリアンヌの自業自得だと思っている。

（泣きたいのは俺の方だ。ユリアンヌの虚言のせいで、ティアと別れたのだから）

ティアが太陽の精霊使いだったのは予想外だった。だがそれを抜きにしても、彼女の控えめでお人よしな人柄は、今にしてみればアベルの好みど真ん中だった。

そのうえ婚約式で見た、ラベンダー色のきらびやかなドレスに身を包んだティアは、そこにいるだけで可憐な花が咲くかのごとく美しかった。

ガイラーン王国から戻って以降、部屋に引きこもって身だしなみにこだわらなくなったユリアンヌとは、雲泥の差である。

アベルのユリアンヌへの想いは完全に冷めていたが、王命である婚約関係を勝手に解消するわけにはいかない。苦い思いをしながらユリアンヌの様子を見に行き、マクレド国王の愚痴に付き合わされる、地獄のような日々を過ごしていた。

今すぐにすべてを投げ捨て、ティアのもとに行きたい気持ちをぐっと押し殺していると、酩酊《めいてい》したマクレド国王と目が合う。

「何を他人事《ひとごと》のように見ている？　お前は仮にもこの国の騎士団長だろう？　たいし

た実力もないくせに、王女に気に入られただけでのさばっているうつけ者が」

「……っ！」

悔しさから、アベルは唇を噛みしめた。

自分が戦争で度重なる功績を上げられたのは、太陽の精霊使いだったティアのおかげだと、今では自覚している。

国王はアベルとティアが付き合っていたことまでは知らないので、単純に騎士団長としての実力を疑われているアベルを見下したかったのだろう。

（なんとしてもティアを取り戻したい。あの力は、もともと俺のものだったんだ）

自分を見つめるティアのまっすぐなまなざしを、アベルは今でもはっきりと思い出せる。

ティアは、うっとうしいほどにアベルのことが好きだった。

身のほど知らずだと心の中でティアをあざけりながら過ごしていた日々を、懐かしく思う。

アベルはあることに気づき、ハッとした。

（そうだ、やっぱりティアは本当は俺のことが好きなんだ。それを、俺が少しつれなくした隙にドラークが入り込んで洗脳したんだ。ティアをドラークから引き離せば、

きっと俺のことが好きだと思い出すはずだ。――ティアは俺のそばにいるべきだ。口約束とはいえ、婚約までした間柄なのだから）

自信を取り戻したアベルは、マクレド国王に落ち着いて声を返した。

「我が国が挽回する方法はあります。簡単なことです、ティアを取り戻せばいいのです」

マクレド国王が、ガハハッとあざ笑う。

「やはり愚かなうつけ者だな。正当な理由なく、ガイラーン王国の魔法結界を突破することはできない。前回は婚約式の招待状が通行許可証となったが、今はもうあの国に入る手段などない」

「私に策がございます」

アベルはしたたかに微笑んだ。

（ティアとは一年も恋人同士だったんだ。彼女をさらうためにはどう行動すればいいか、だいたいの見当はついている）

◇

「聖女さま。ぼうっとして、どうしたの？　どこか痛いの？」

救護院にて、ティアの目の前にいる七歳くらいの女の子が、大きな目をキョトンとさせた。ティアは今、治癒力で女の子の腕の湿疹《しっしん》を治療している最中だった。

「ごめんなさい、ちょっと考え事をしてたの」

「どんな考え事？」

「それは――」

正直に言いかけて、ティアは慌てて口をつぐんだ。

（ドラークとのキスを思い出してたなんて言えない……！）

あの婚約式から一ヶ月が経とうとしている。

想いを伝え合ったティアとドラークは、名実ともに婚約者――つまり本物の恋人同士になった。

あれからドラークは、タガが外れたかのように、ティアに対してより甘くなった。

例えば昨日のこと――。

勉強の合間に庭園で息抜きをしようとティアが回廊を歩いていると、侍従を連れたドラークとすれ違った。執務中の彼の邪魔をしてはいけないと、ティアは会釈をして通り過ぎたのだが。

『……っ！』

庭園に差しかかったところで、誰かにグイッと腕を引っ張られ、人気《ひとけ》のない茂みに連れ込まれた。

目の前には、先ほどすれ違ったばかりのドラークがいる。

『ド、ドラーク様⁉』

『しーっ』

ティアが驚いていると、ドラークが目の前で口元に人さし指を当てた。

『あれ、ティア様？　どこに行かれたのですか？』

一緒にいたエルシーが、急にいなくなったティアを捜しに、その場から離れていく。

エルシーの姿が見えなくなってから、ティアは改めてドラークに問いかけた。

『ドラーク様、執務中のはずでは？』

『少し時間ができたから、君を追いかけたんだ。すれ違ったとき、君があんまりかわいかったから』

『な……っ！』

『こんなにもかわいい君を放っておけるわけがない。本当は片時も放したくないんだ』

絶世の美顔を近づけられ、そんな甘ったるい言葉を囁かれたら、乙女心はひとたまりもなかった。そんなティアの動揺を知ってか知らずか、ドラークはとろけるようなキスをしてくる。

ドラークがようやくティアを解放してくれたのは、大勢の侍女たちが彼女を捜す声が聞こえてからだった。

(――あのドラークが、まさかあんな情熱的な人だとは思わなかったわ)

悪魔騎士と呼ばれていた頃の彼は、紫の視線をぎらつかせる獣のような存在だった。

無口で人を寄せつけず、騎士団員だけでなく城中の人間から恐れられていた。

とはいえ呪いが解けてからも、金髪金眼の輝かしい容姿ながら、そんな悪魔騎士の性質が少なからず残っているらしい。ダニエルいわく『制裁の場では身も凍るほどの恐ろしさ』とのこと。

それなのにティアの前では砂糖をどろどろに溶かしたみたいに甘くなる。

隙さえあれば触れたり口づけしようとしたり……ティアは毎日ドギマギさせられているのだった。

「たいしたことじゃないの。はい、終わったわ。頑張って偉かったわね」

ごまかすように、ティアは目の前の女の子をむぎゅっと抱きしめる。

「わあっ、腕がかゆくなくなった！　聖女さま、ありがとう！」

女の子が、ティアの腕の中で心底うれしそうに笑った。

そのとき、外から大きな声が聞こえてきた。

「聖女様！　こちらに、治癒魔法を使える聖女様はおられますかっ⁉」

ティアが入り口まで駆けつけると、ひどく焦った様子の騎士がいる。

「どうかなさいましたか？」

「ああ、あなたが聖女様ですね！　実は国境付近で、ゼルジス王国の辻馬車が、盗賊に襲われたのです。子供が大勢乗っており、ひどい怪我を負っています。動かすのも危険な状態で、至急駆けつけて治癒してくださいませんか？」

「まあ、子供たちが？　なんてかわいそうなことを！」

ティアは怒りで声を震わせた。

ゼルジス王国は、ガイラーン王国唯一の同盟国だ。窮地の際には互いに手を貸すことが約束されており、持ちつ持たれつの関係を続けてきたと、妃教育で学んだ。

「ひどい話だな。これだから人間は嫌になる」

ティアの懐にいるコロが憤慨している。

「分かりました、すぐに行きます」

ティアは急いで救護院を出ようとしたが、ふたりの男がそれを阻む。ドラークがつけた護衛だ。

目立ちたくないというティアの要望をくんで、ふたりとも民間人の格好をして、ひそかに潜伏していた。

「ティア様、なりません。殿下が迎えに来られるまでは、この場所からティア様を出さないようにとの指示を受けています」

護衛のひとりが、ティアに耳打ちをする。

ティアの身を案じてくれているドラークの気持ちは分かる。だが子供が怪我をしていると聞いて、素直に従うことはできなかった。

「分かっています。でも、子供が大怪我をしているのですよ？　早く行かないと、取り返しのつかないことになるかもしれません」

懇願すると、護衛の男たちが、困ったように顔を見合わせた。

「……分かりました。ですが、我々もともに行くことをお許しください」

「もちろんです」

ゼルジス王国の民が盗賊の被害に遭ったのは、魔法結界が張ってある関所からすぐの場所だった。救援を要請しにきた騎士の案内のもと、ティアはコロを抱いて護衛とともに馬に乗り、急いで現場に駆けつける。

砂地に、大破した大型の馬車が投げ出されていた。負傷者はおよそ二十名。地面に横たわり、ガイラーン王国の衛兵たちによる応急処置を受けている。

報告にあったように、負傷者の中には子供も大勢いた。まだ二、三歳の小さな子まで頭に包帯を巻いて気を失っており、ティアは心を痛める。

（かわいそうに）

ティアは、重症度の高い子供から治療を始めた。

ぐったりとしていた子供たちの傷が癒え、青白かった頬に赤みがさしていく。

「あれ、ここは……？　ぼく、どうしてけがしてるの……？」

頭に包帯を巻いていた子供が目を覚まし、不思議そうに辺りを見回した。

「ここは、ガイラーン王国の国境付近よ。大丈夫、怪我はすぐによくなるわ」

ティアは小さな体を優しく抱きしめた。

「それにしても、盗賊はなぜこんな民間人の辻馬車を襲ったんだ？　金目のものがありそうでもないのに」

「たしかに、少し不自然だな」

ティアの背後で、護衛たちがそんな会話をしている。

そのときだった。

ひゅっと宙を何かが横切り、破損した馬車に落下した。とたんに馬車は、ゴウッという激しい炎の音とともに、青く燃え上がる。

「わあぁぁっ!!」

「なんだ、急に!?」

衛兵や怪我人たちが、突然の巨大な炎を目の前にして、パニックになっている。

ティアは動揺しつつも違和感を抱いた。

(青い炎……？　精霊使いが炎を放ったの？)

赤い炎を出す火魔法と違って、精霊による炎は決まった色を持たない。精霊の国で育ったティアは、そのことを誰よりも知っていた。精霊使いによる色とりどりの炎が飛び交う演目は、マクレド王国の建国祭における見どころのひとつとなっている。

複数の足音がした。いつの間にか、周囲を男たちに囲まれている。彼らが着ている騎士服を、ティアは嫌になるほど何度も目にしてきた。

(マクレド王国の騎士団が、なぜこんなところにいるの!?)

マクレド王国の騎士のひとりが、ティアを背後から羽交い絞めにした。

「……っ！　離して！」

必死に叫んだものの、声は立ち上る炎の音にかき消されてしまう。

ティアだけではない、護衛のふたりや衛兵たちも、マクレド王国の騎士たちによっていっせいに襲撃をしかけられていた。

「モウン！」

懐からコロが飛び出し、ティアを羽交い絞めにしている騎士の腕に噛みつく。

「このブサ犬め……！」

「きゃいん！」

コロはすぐさま乱暴に地面に叩きつけられ、ティアは青ざめた。

「コロ……っ!!」

太陽の精霊であるコロは癒やしの力を持つが、攻撃の力は持たない。

それでも身を挺して守ろうとしてくれたことに、ティアは胸を熱くする。

次の瞬間、ティアは口を布のようなもので覆われた。目に染みるほど強い薬草の香りがして、あっという間に体から力が抜けていく。

（コロを、助けなきゃ……）

そう思ったのを最後に、ティアは意識を手放した。

意識が戻った直後、頭に割れんばかりの激痛を感じた。

雨が地面を叩く音がする。ティアが雨の音を聞くのは久しぶりだ。

「う……っ」

唸りながら目を開けると、どこかで見たような天井が目に飛び込んできた。殺風景な広い部屋のベッドの上に寝かされていることに、すぐに気づく。

ちらりと目を向けた先、雨模様の外の景色にも、見覚えがある。十歳で追い出されたとはいえ、それまでティアはずっとこの場所で暮らしてきたのだから。

（ここは……マクレド城だわ）

そう確信したとたん、意識を失う前の記憶が鮮明によみがえった。ティアたちを取り囲んだのは、黒の騎士服に身を包んだマクレド王国の騎士たちだった。

「目が覚めたかい？」

そんな声がして、ティアは身を強張《こわば》らせる。

ベッド脇にある椅子にアベルが座り、気味が悪いほど凪《な》いだ顔でこちらを見ていた。

ティアはだいたいのことを察知した。おそらくゼルジス王国の民間人が乗った辻馬車が襲われたのもすべて、アベル……もしくはマクレド王国の策略だったのだ。

彼らがティアをさらう目的は明確だ。この国に、太陽を取り戻したいのだろう。

〝恥さらし王女〟として城から追放し、罪人に仕立てておきながら、ティアの存在が有益であると分かったとたん、手のひらを返したかのように欲するなんて。

（自分勝手にもほどがあるわ）

ティアは起き上がると、アベルから距離を取るようにベッドの隅に移動した。

「ティア、怒ってるのか？　この間は手荒な真似《まね》をして悪かったよ、反省しているんだ」

「反省してるのに、この期に及んでこんなことをするの？　……私をおびき寄せるために、無関係な人たちまで傷つけて」

怪我をした子供たちの姿を思い出し、怒りが込み上げる。こんなにも人として最低な男に尽くしてきた自分を心底恥じた。

「君のためを思ってしたことだ。こうでもしないと、君はあの国で、あいつに騙されたまま暮らし続けていただろ？」

自信たっぷりの顔でそんなことを言われ、ティアは閉口した。

（まるで話が通じないわ）

「……私をこの国にさらって、どうするつもりなの？」

「さらうも何も、そもそも君はこの国の王女だ。ここにいるのが当然じゃないか」

「…………」

「心配するな。ユリアンヌとの婚約は、じきに解消する。そうしたらまた婚約しよう。今度こそ君を大切にすると約束する」

アベルがにっこりと場違いな笑みを浮かべたとき、おもむろにドアが開いた。

入ってきたのは、マクレド国王である。

「ティア、ようやく会えたな。かわいい私の娘」

聞いたことのないような父王の甘ったるい声に、ティアは吐き気をもよおした。

「お前がこの国に太陽をもたらしていたというのに、ユリアンヌの功績と勘違いして悪かった。だがお前も悪いのだぞ？　自分の力だともっとアピールしてくれていれば、こんな面倒なことにならずに済んだのに」

ニコニコと見たこともないような笑顔を向けられ、ティアは青ざめる。

さんざんコケにして罵ってきた娘が、利用価値があると知るなり、謝罪のひと言もなく取り込もうとする浅ましさ。アベルも父王も、本当に人として気持ち悪い。

「まあ、とにかく昔のことは水に流そう」

薄気味悪い笑みを浮かべつつサラリと言われ、ティアは唖然とする。息が詰まるほどの嫌悪感が込み上げた。

（まさか、それだけで済ませるつもり……？）

「これからはお前を王太女として大事にすると誓う。だから、早くこの国に太陽を戻しておくれ」

父王は自分勝手な言い分を一方的に告げたあげく、部屋を出ていった。


マクレド城での、ティアの監禁生活が始まった。

与えられるドレスや装飾品、食事は豪華だが、ティアに自由はなかった。

それもそのはず、マクレド城の人々はティアという人間を求めているわけではないのだ。求めているのは、この国に太陽をもたらす存在だけ。

ティアが何を思い、どう感じようが、誰も気にも留めない。

まるで置き物にでもなったような気分だった。

ティアがマクレド王国で過ごすようになってからも、雨はやむ気配がなかった。

アベルは日に何度かティアのもとを訪ねては、「太陽はまだなのか？」と聞いてくる。ティアは彼のことを完全に無視して、答えようとはしなかった。

（コロと離れているんだもの。太陽の精霊の加護があるわけがないじゃない）

コロはガイラーン王国の国境付近で襲われた際、ティアの懐から飛び出してマクレド王国の騎士に噛みつき、地面に叩きつけられた。そのまま離れ離れになってしまったようだ。

精霊は、契約を結んだ人間が近くにいてこそ力を発揮する。だからコロと離れている今のティアに、太陽の加護は期待できない。

アベルも父王も、ティアがいつも連れていたあのへんてこな犬が太陽の精霊だとは、夢にも思っていないのだろう。真映の鏡に映った絶妙にかわいくない姿しか知らないのだ。


ティアがさらわれて七日が過ぎても太陽は姿を現さず、業を煮やしたマクレド国王が部屋にやって来た。

「早く太陽を出せ！　お前をここに連れてきた意味がないだろう！」

いきなり怒鳴られ、ティアの耳がキンと鳴る。

「雨がやむどころか、ますますひどくなっているじゃないか!!　あの国はあっという間に晴れにしたのに、祖国をなんだと思っている!?」

ティアは目を閉じ、無言を貫き続けた。

このような醜い心の持ち主に、かける言葉などないからだ。

ティアが一貫して無視を決め込んでいるので、マクレド国王は、ついに怒りの沸点に達したらしい。

「あてつけのつもりか？　この、役立たずが!!」

——バシッ！

頬を平手でぶたれ、ティアはぎゅっと目を閉じて痛みに耐える。

マクレド国王は憤慨したまま、乱暴にドアを開けて、部屋から出ていった。

マクレド国王と入れ違うようにして部屋に入ってきたアベルが、赤く腫れたティアの頬を見て、痛ましげな顔をする。

「ティア、大丈夫か？　痛むだろう」

「………………」

「太陽を出せばこんな目に遭わずに済むのに、なぜ太陽を出そうとしない？　たしかに国王の君への扱いはひどかったが、復讐なんて馬鹿なことを考えるな。太陽さえ出せば、かつてのユリアンヌのように皆に重宝されるぞ」

アベルが優しく諭そうとしてくるが、ティアの心はピクリとも動かなかった。

この国で重宝されるなど、まっぴらごめんだ。

「……ガイラーン王国に帰らせて」

思わず本音を漏らすと、アベルの笑みが引きつった。

「それは無理だ、君は、れっきとしたマクレド王国の王女なのだから。意地を張ってないで、早く太陽を出すんだ」

「……私にはどうにもできないの」

「太陽の精霊の力を使えるのは、加護を受けている君だけだ。どうにもできないもなにも、するしかないんだ」

ティアは唇を噛み、大きくかぶりを振る。

アベルが、今度こそ顔から笑みを消した。

「太陽を出してくれないと、苦労して君をさらった俺の功績にならないだろ？　褒賞として君との結婚の許可を得ようと思っていたのに」

どこまでも意味不明なことを言うアベルには、もはや怒りを通り越して呆れてしまう。

「それなら、ますます太陽なんて出したくないわ」

「どういう意味だ？」

「あなたとは死んでも結婚したくないもの」

憎しみを込めた目で睨みつけると、さすがのアベルにも多少なりとティアの意思が伝わったのだろう。彼の眉間に深い皺が寄る。

「愛してるのに、ひどい言い草だな」

「あなたは私を愛してなんかいない。太陽の精霊の力を得て、前みたいに強くなりたいだけでしょ？　愛しているのなら、私の幸せを願うはずだもの」

ティアは精いっぱいアベルを睨みつけた。

『君に恋人がいようと、ずっと想い続けてきた。君が幸せなら、それで満足だったんだ』

ドラークは思い詰めたように、そうティアに伝えてきた。

あれが本物の愛なのだ。

ドラークの愛の深さを知った今は、アベルがティアに求めているものが、どれほど陳腐かがよく分かる。

アベルの目に怒りがたぎる。ティアが以前のように自分の思いどおりにならなくて苛立っているのだろう。

――バンッ！

苛立ちを発散するように、アベルが壁を拳で打ちつける。

そのまま踵を返し、乱暴にドアを閉めて、部屋から出ていった。もちろん、外側から鍵をかけて——。

　ひとりになった部屋で、ティアはようやく体の緊張を解く。

「ドラーク、会いたいわ……」

　ベッドの上でうなだれるティアの緑色の目から、涙がひと滴《しずく》こぼれ落ちた。

◇

　ガイラーン城の王太子の執務室には、緊迫した空気が流れていた。

「オクタヴィアン殿下、どうかお許しを‼」

　救護院にいる間、ティアにつけた護衛の騎士ふたりが、泣きじゃくりながらドラークに土下座している。

　ドラークの怒りは、収まる気配がない。

（どうしてティアを守れなかったんだ……）

　悔しさから、何度も歯噛みする。

「ティア様をさらった者は、服装の特徴や攻撃法から、マクレド王国の騎士で間違いがないようです」

聞き取り調査を終えた騎士が、ドラークにそう報告した。

「やはりマクレド王国か……！」

ドラークは金色の瞳を怒りで燃やした。

（ティアが太陽の精霊使いだと知ったマクレド王国側の動きは、容易に想像できたはずだ。ティアの護衛を強化するべきだった。いや、公務を投げ打ってでも俺がティアに付き添うべきだったんだ）

後悔したところで今さらだ。

大事なのは、この手にティアを取り戻すことである。

ドラークは迷わず執務室を飛び出した。今すぐマクレド城に駆けつけ、ティアを救出するためである。

「お待ちください‼」

すると、回廊で背中から呼び止められる。

銀色の騎士服に身を包んだ騎士団長のヴィクトルと、同じ装いのクロエだった。

幼い頃から片想いしているヴィクトルのそばにいたい一心で、クロエは剣技を磨き、副騎士団長の地位にまで上りつめた。

氷属性の魔法剣を使える彼女は、土属性の魔法剣を使えるヴィクトルに次ぐ豪傑として、今では騎士団内で恐れられている。男社会の知識に乏しい貴族女性たちは、クロエの公爵令嬢としての顔しか見ていないため、その事実を知らない者も多い。

「オクタヴィアン殿下、まずは頭を冷やしてください。単身かの国に乗り込むのは得策とは言えません。いくら最強の魔導士として名高い王太子殿下でも、足元をすくわれてしまえばおしまいです」

クロエが、きりりとした騎士の顔で語る。

昔から我が強く一本気だったクロエは、ドラークのはとこにあたる。それもあって、ドラークは彼女を姉のように慕っていた。

頼み込まれ、縁談が舞い込まないようにするためのカムフラージュとして、婚約しているフリをしていた時期もあった。長年、高潔なほどヴィクトルを想い続けているクロエの気持ちが理解できなかったが、愛する人ができた今なら理解できる。

「それは分かっているが、ティアがどんな目に遭っているかも分からないのに、落ち着いてはいられない」

ドラークは歯を食いしばった。

王女であるティアを城から追放し、さんざん蔑ろにしてきた彼らのことだ。ひどい目に遭わされている可能性だってある。

「オクタヴィアン殿下」

クロエの隣にいるヴィクトルが厳かな声を出した。

父とは兄弟のようにして育った彼は今年で三十八歳。二十四歳のドラークには到底追いつけない貫禄を漂わせている。

「我が国の王太子の婚約者様を連れ去ったのです。これはもはやマクレド王国の、我が国に対する宣戦布告と見ていいでしょう。国王に申告し、議会を設けて、判断を仰ぐべきかと」

いつになく真剣な彼のまなざしに、ドラークは口を閉ざす。

つまりヴィクトルは、この機会にマクレド王国に進撃し、つぶしてしまおうと言っているのだ。

さんざんティアを苦しめてきたマクレド王室だ、あのように愚かな王室が存続しても、国は立ち行かない。マクレド王国の民のことを思うなら、侵攻して、王政を正すべきだろう。

ドラークは意を決した。

「そうだな。さすが、クロエが惚れる男だ」

「な……っ！」

クロエが真っ赤になって、慌てふためいている。

長年ヴィクトルを恋い慕っていながら、いまだに想いを伝えていないらしい。気まずいような甘酸っぱいような空気に包まれたふたりのそばから、ドラークは颯爽と立ち去った。

向かう先はもちろん、父であるガイラーン王のいる場所である。

その日のうちに議会が設けられ、トントン拍子で、マクレド王国への進軍が決まった。

すでに娘のようにティアをかわいがっていたガイラーン王のことである。ティアを奪われた怒りは凄まじく、戦争への迷いは皆無だった。

早急に各地から兵が招集され、馬や物資の準備が始まり、ついにマクレド王国に出陣する日がきた。

「武運を祈る」

「兄上、どうかご無事で」

簡易的に行われた出征式で、銀色の騎士服に身を包んだドラークは、ガイラーン国王とダニエルに見送られた。

此度の戦の指揮者は、無論ドラークである。

「必ず我が国に勝利をもたらして帰ってまいります」

ティアを心に思い浮かべ、固い誓いを立てたあと、ドラークはヴィクトルとクロエを引き連れて謁見の間を離れた。城の前にはすでに馬に跨《また》がった騎士と馬車が勢揃いしている。

城を出る間際のことだった。

どこからともなくトテトテと駆けてきた黒い塊が、ぴょんっとドラークの胸に飛びついた。コロだ。

「オレも連れていけ」

ドラークは驚き目を見張る。

「コロ、お前ここにいたのか？」

ティアはいつもコロを懐に入れていたので、てっきりさらわれたものと思っていたのだ。

「国境で襲われたときにはぐれたんだ。背中を痛めたオレはガイラーン王国の騎士のひとりに助けられ、しばらく体を休めていた」

「ティアと離れていても、大丈夫なのか？」

「精霊と精霊使いは身も心もつながった間柄だからな。だが、ともにいないと力を発揮できない。オレが背中に受けた傷の治りが遅かったのも、ティアと離れているためだ。ティアもおそらく不便しているだろう。だから連れていってほしい」

「もちろんだ」

ドラークはコロを抱きしめ、大事に懐にしまう。

それから愛する人を助けるために、大勢の騎士とともに、遠いマクレド王国を目指した。


ガイラーン王国が出陣した情報は、すでにマクレド王国側に届いていたようで、国境付近には準備を整えた大勢の騎士が待ち受けていた。

女性ばかりの精霊使いから成る精霊部隊の姿も、遠くの丘に見える。

ガイラーン王国軍の防衛部隊が、防御壁を自分たちにかけたのを確認してから、ドラークは馬上で高らかに声を上げた。

「進め！」

全員が魔法を使えるガイラーン王国軍の戦い方は特殊だ。攻撃部隊が敵国に魔法をかけ、かわした者を剣で狙い撃ちにする。ヴィクトルやクロエ、そしてドラークのように魔法剣を扱える騎士もいて、その攻撃力は桁外れだった。

一方のマクレド王国軍は、精霊の力でたちどころに攻撃魔法を打ち消していく。そのため次第に武力のみの戦いへともつれ込んでいった。

(七年も騎士団にいたんだ。マクレド王国軍の戦い方は熟知している)

ドラークは誰よりも俊敏に立ち回り、次から次へと敵を攻撃した。魔力を取り戻したドラークの力は凄まじかった。

あらゆる攻撃魔法を宿した魔法剣で、周囲にいる敵を瞬時に倒していく。その破壊力もまた凄まじく、今までの比ではない。

「おい、この特徴的な立ち居振る舞い……まさか悪魔騎士じゃないか!?」

マクレド王国軍のひとりが、彼の正体に気づいた。

「本当だ……!　髪と目の色が変わっているが、ドラーク・ギルハンだ!」

「こいつ、魔法が使えたのか!?」

「今までよりさらに強くなってるじゃないか!」

(許せ、お前たちに恨みはない)

ドラークは、一心不乱に剣を振り続けた。とはいえ、かつての同胞を攻撃するのは気分のいいものではなかった。

彼らに恨みはないからだ。それどころか、国を追われたドラークに居場所をくれて、感謝の気持ちすら抱いている。黒魔術によって我を忘れた自分が悪魔騎士と恐れられ敬遠されたことも、今では当然のように思っていた。

だからこそここで手を抜いてはならないと、ドラークは覚悟を決める。

愚かな国王と騎士団長の支配から、彼らを救いたい。

戦えるマクレド兵は、あっという間に半数近くに減った。

ガイラーン王国の攻撃魔法部隊とマクレド王国の精霊部隊の相打ちは、相変わらず続いている。

「邪魔だな」

ドラークは吐き捨てるように言うと、片手を突き出し、まばゆい閃光を辺りに解き放った。

大地を揺るがす地響きが轟き、その圧倒的な魔力に皆が戦いの手を止めた。

「きゃあああっ！」

遠くの丘で、精霊部隊の女性たちが悲鳴を上げる。しばらくしてから、泣きながらわめく彼女たちの声が聞こえてきた。

「精霊が、精霊の力が使えないわ！」

「私もよっ、どうして……!?」

　ドラークの懐から、コロがぴょこっと顔を出した。

「やれやれ、お前の放った雷魔法に驚いて、精霊が逃げてしまったようだ。精霊は魔法が苦手だからな。魔法には抵抗のないオレでも驚いたぞ」

「逃げられるものなのか？」

「もちろんだ。誰かにつくのも逃げるのも、精霊の意思で決めることだからな。ああ、次々に精霊が逃げていく。精霊の国だというのに〝精霊なし〟が続々と生まれているぞ」

　よほど珍しい光景なのか、コロがいつになく興奮していた。

「あんな魔法、初めて見た……」

「国ごと吹っ飛ばす気かよ。まるで化け物だ」

　騎士たちの方も、ドラークの規格外の魔法を目にして、すっかり戦意喪失している。マクレド王国軍の動きがあからさまに鈍くなる一方、ガイラーン王国軍の勢いはますます増した。

　ヴィクトルが、馬でドラークのもとまで駆け寄ってくる。

「ここは、我々だけでもう大丈夫でしょう。ひと足先にマクレド城へ向かってください。片づけ次第応援に向かいます」

「――心遣いに感謝する」

ドラークはヴィクトルの目を見つめてうなずき、馬を方向転換させた。

ティアを早く救いたい一心で、先ほどの強力な雷魔法を放ったのだ。

「クロエ様。ともに行き、殿下をお守りしてください」

「分かりました、命にかけても」

ヴィクトルに声をかけられ、クロエが赤毛のポニーテールを揺らしながら、彼の方に近づいてくる。

するとヴィクトルが手を伸ばし、クロエの頬に触れた。クロエが驚いたように目を見開く。

「絶対に死なないでくださいよ」

額同士をひっつけるようにして、ヴィクトルがクロエに囁いた。

「――ええ、もちろんです」

クロエはほのかに頬を染めつつも、真っすぐな目で騎士団長の声に答えていた。

マクレド城は騎士たちによって厳重に守られていた。

数百名の騎士に対し、たったふたりで迫ってくるガイラーン王国軍に、皆が困惑している。しかもひとりは女性だ。

――ドゴオォォンッ!!

戸惑う面々が攻撃をしかけてくる前に、ドラークは土魔法と雷魔法で城門を撃破した。マクレド兵たちが顔色を変える。

「なんだあの凄まじい魔法は!? あんなの見たことがない!!」

「まさか、あの男が噂のオクタヴィアン王子か!? それにしてもあの顔、どこかで見たような……」

いっせいに襲いかかってきた騎士たちを、クロエが氷魔剣で薙《な》ぎ払う。らせん状に広がった氷の刃に、数多の騎士たちが身動きを封じられた。女性と舐めてかかったはずが見事に返り討ちにされ、騎士たちが言葉を失っている。

「ここは私にお任せください。殿下は、すぐにティア様のもとへ」

「クロエ、恩に着る」

ドラークはクロエに心から礼を告げると、金色の瞳を鋭く尖《とが》らせ、マクレド城の中に全速力で駆け込んでいった。

◇

（なんだか外が騒がしいわ）

ベッドに横たわったまま、ティアはぼうっと外の音に耳を澄ましていた。

マクレド国王に殴られた頬はいまだに腫れており、食事を拒否しているせいで力も出ない。そのうえ枷《かせ》をはめられた手首足首が、きりきりと痛む。

城の外の騒音がいよいよ激しくなってきた。まるで戦場にいるかのような男たちの怒号が聞こえる。

ふと、いつの間にか雨がやんでいることに気づいた。青空が垣間見えている。

ティアがマクレド王国に来てから、一度も空が晴れたことなどなかったのに……。

ハッとした。

（もしかして、コロが近くにいるの？）

そう思った瞬間、部屋のドアが勢いよく開いた。期待を込めてそちらを見たが、入ってきたのはアベルである。

「場所を変えるぞ」

アベルは焦ったように言うと、問答無用でティアを横抱きにした。

触れられた不快感から身を震わせていると。

「ティアに触れるな」

ゾクッとするほど冷ややかな声が、質素な部屋に反響した。

懐かしい声に、ティアの心が奮い立つ。

部屋の入り口に、白銀に光る剣を手にしたドラークが立っていた。

金色の目で射るようにアベルを睨みつけている。

「ドラーク……」

ティアが思わず目を潤ませると、ドラークの表情がわずかに凪いだ。

だがすぐに、睨み殺す勢いでアベルに視線を戻す。

アベルが忌々しげに舌打ちをした。

「もう来たのかよ、化け物め。だが俺にはティアがいるんだ」

アベルはそう言うや否や、ドラークの前でティアの額にキスをした。

「……っ！」

あまりの不快感に、ティアは吐きそうになる。額から唇を離したアベルが、勝ち誇った笑みを浮かべながらティアをベッドの上に下ろした。

「これで太陽の精霊の加護は俺のものだ。化け物でも勝ち目がないだろう」

アベルが腰からスラリと剣を抜く。何を思ったか、ティアと接触することで太陽の精霊の加護を受けられると考えたらしい。

ドラークの殺気が極限まで放たれ、金色の髪が怒りで総毛立つ。

「お前……っ、よくも!!」

剣を構えたドラークが、勢いよくアベルに飛びかかった。

アベルは余裕の笑みで剣を弾こうとしたが……。

――バチンッ！

雷魔法で帯電したドラークの剣は、耳をつんざくほどの音を響かせ、アベルの剣を薙ぎ払う。

「うわあああっ!!」

あっけなく剣を落としてしまったアベルは、恐怖に顔を引きつらせると、部屋から逃げ出そうとした。だがドラークに剣を突きつけられ、逆に部屋の隅へと追いつめられてしまう。

「なぜだ!?　ティアがいれば、以前のような力を取り戻せるはずだろ……!?」

「精霊使いが嫌っている相手が、加護を受けるわけがないだろう。精霊の国出身でない俺でもそれくらいは分かる」

ドラークはあきれたように言い捨てると、金色の瞳を獰猛《どうもう》に光らせ、丸腰のアベルを容赦なく切りつけようとした。

「やめろ……っ！」

アベルは必死の形相で逃げ惑うが、今度はドラークの放った炎が彼の体を覆う。

「うわぁっ、火がっ!!」

アベルは闇雲に動き回り、窓辺に寄って誤って転落してしまった。

アベルの悲鳴が響く中、ドラークがベッドの上にいるティアのもとへ駆け寄ってくる。魔法で手枷足枷を外し、ティアの体をきつく抱きしめた。

久々に抱きしめられるドラークの体は大きくて温かくて、ひどく震えていた。

「ドラーク……？」

「ティア、遅くなってすまなかった」

ドラークはかすれ声で言うと、まるで壊れ物を扱うように、そっとティアを抱き上げる。

「ドラーク、来てくれてありがとう。あなたの言いつけを守らず、勝手に行動してごめんなさい」

「いいんだ。悪いのは、君の清い心を利用しようとする悪党どもなのだから」

ドラークがティアに顔を寄せ、不安げに頬擦りをした。

まるで愛を乞う大きな飼い犬のようで、桁違いの彼の強さを見たあとではギャップがすごい。

ドラークがティアの頬にある青あざに目を留め、顔をしかめた。

「それは誰にやられた？」

「……お父様よ」

「そうか」

端的に答えると、ドラークは金色の瞳に残忍な光を灯す。

「ティア、無事だったか！」

ドラークの懐から顔を出したコロが、ティアに飛びかかってきた。

ペロペロと頬を舐めてくるコロを、ティアは笑顔で抱きしめる。

「コロ、くすぐったいわ！　コロこそ大丈夫だった？　国境でマクレド兵たちに襲われたときに怪我をしたようだったから、心配してたのよ」

「少々長引いたが、お前と会えたし、もう大丈夫だ」

ドラークはティアを抱き上げ、城の中を移動した。城のあちらこちらで、マクレド兵とガイラーン兵が戦いを繰り広げている。

「殿下、大丈夫でしたか!?」

戦闘でしっちゃかめっちゃかな中、回廊の向こうから女騎士が走ってきた。銀色の騎士服に身を包んだ彼女は、ティアも見覚えがある人物だった。

「クロエ様？」

「ティア様、よくぞご無事で！」

「その格好は……」

「あ、ご存じなかったですか？　私、ガイラーン王宮騎士団の副騎士団長を務めさせていただいてるんです」

クロエがにっこりと笑いかけてくる。

「聞いてはいましたが、初めて見るので驚いてしまって……。騎士服姿も素敵です」

ティアは惚れ惚れとクロエを眺めながら答えた。

(公爵令嬢でありながら副騎士団長だなんて、改めて考えたらなんてかっこいいの)

ドラークと彼女の仲が誤解だったことをすでに知っている今、嫉妬はどこへやら、ティアの中にクロエに対する憧れが生まれる。

ドラークが、ティアを自分の腕から下ろした。

「クロエ、君を信頼して頼みがある。ティアを安全な場所に連れていってくれないか」

「かしこまりました。殿下はどちらへ？」

「俺はまだやり残したことがある」

ドラークは鋭い目で回廊の先を見すえたあと、「ティア」と改めてティアを呼んだ。

ティアが顔を上げた瞬間、額にキスをされる。

「先ほどの消毒だ」

あまりの不意打ちに、ティアは瞬時に顔を赤らめた。

何度も額にキスをしたあと、ドラークは最後に、ティアの唇にゆっくりと口づけた。

深く味わうような甘いキス。

喜びと切なさで、ティアの胸ははち切れそうになる。

「少しだけ待っていてくれ。きっちりと落とし前をつけて、必ず君のところに戻ってくる」

ドラークがティアの肩に優しく触れ、真剣なまなざしでそう言った。

「……分かったわ」

ティアはキスの余韻に酔いしれながら、こくりとうなずいた。

「ちょっと、私がいること忘れてません？　まったく、そういうのは見てないところでやってくださいよー」

クロエがあきれたように言いながらも笑っていた。

その後ドラークの手によって、マクレド国王は半殺しの目に遭い、捕縛された。

アベルは二階から落下したものの生きてはいたが、片腕を大きく負傷したうえに火傷を負った。今は治療を受けつつ、地下牢に囚われている。

部屋に引きこもっていたものの、ガイラーン王国軍が攻めてくるなり半狂乱になったユリアンヌも、あえなく捕らえられた。

戦いはガイラーン王国軍の圧勝に終わった。

戦いが終わったあとのマクレド城は悲惨だった。

建物はほぼ倒壊し、負傷したマクレド兵があちらこちらに転がっている。これ以上ないほどずたぼろな状況で、ティアは見ているだけで胸が苦しくなった。

ドラークが戦い後の処理に追われている中、ティアはクロエとともにガイラーン兵の負傷者の治療にあたっていた。

「ティア様、ありがとうございます！」

「傷がすっかりなくなった……！　本当にありがとうございます！」

ティアの癒やしの力でたちどころに傷を癒やしてもらった騎士たちが、口々に感謝の言葉を述べる。

最後の騎士の治療を終えたところで、ティアはふと遠くに視線を向けた。

ガイラーン兵がいるところから距離を隔てた場所に、マクレド王国の負傷兵たちがズラリと横たわっている。ドラークの魔法に驚いて精霊が逃げ出したため、マクレド軍の精霊部隊は傷を癒やすこともできないようだ。

女性たちが医療道具を手にして駆け回っており、ティアはいたたまれなくなる。そちらに近づこうとすると、「ティア様!」とクロエに呼び止められた。

「もしかして、マクレド兵たちを救いに行くおつもりですか？　あなたをさんざん傷つけた国の人たちですよ？」

クロエの困惑した顔を見つめながら、ティアは静かに微笑んだ。

「ええ、分かっています。それでも、罪のない人たちが傷つくのは見てられなくて……。彼らにもガイラーン兵と同じように、家族がいるでしょう？」

クロエがハッとしたように口を閉ざした。

ティアは迷わずマクレド兵たちのもとに歩み寄ると、一番重症と思われる男性のそばに腰を下ろした。

「ティア、さま……？」

両足にひどい傷を負い、苦しげに息をしている彼が、ティアを見てかろうじて声を出す。

ティアは彼の足に両手をかざした。ピカッと白い光が弾け、傷だらけの足を包み込んでいく。

周囲までもが暖かな光に包まれ、辺りの騎士たちの視線を釘付けにした。

少しずつ男性の傷が癒えていく。絶望に苛まれていた彼の表情が、みるみる輝いていった。

「す、すごい……治った！　ああ、ティア様、ありがとうございます！　ありがとうございます！」

彼が、涙ながらに幾度もティアに礼を言う。

「信じられない！　もう使い物にならないと言われていたあいつの足が、あっという間に治ったぞ！」

「これぞ、まさに奇跡だ……！」

辺りの騎士たちが、ティアを敬服の目で見つめた。

ティアはその後も、傷ついたマクレド兵をひとりひとり癒やしていった。

そのたびに、皆が涙を流しながら繰り返しティアに礼を言った。

「俺たちはさんざんティア様のことを悪く言ったのに……なんてお優しいんだ」

「まるで聖女様だ」

心打たれ、崇めるようにティアを見始めるマクレド兵たち。中にはひれ伏す者までいて、さすがのティアもこれには戸惑った。

「ティア」

おおかたの治療が終わり、ひと息ついていると、背後に人の気配がした。いつの間にかドラークがいる。

ティアは顔を輝かせた。

「ドラーク、終わったの？」

「ああ、だいたいな」

ドラークが周囲に目を配る。

ティアが敵兵までも救った状況を、瞬時に把握したようだ。

だがドラークはティアを咎めることなく、気持ちを分かっているかのように、優しく腰を抱いてくれた。

いつでもティアの気持ちを第一に考えてくれる彼の優しさに、ティアはまた泣きそうになる。

そんなドラークに向かって、周りのマクレド兵たちが次々に頭を下げている。

戦勝国の指揮者に敬意を表明しているのだと、ティアにも理解できた。

かつて自分を〝悪魔騎士〟と呼んで恐れていた同僚たちの態度の変化に、ドラークは困惑しているようだった。

だがやがてほんの少し照れくさそうに微笑み、まるで喜びを分かち合うように、ティアの手を優しく握りしめてきた。


ドラークが放った凄まじい魔法は、戦地にいた精霊だけでなく、遠くにいた精霊をも怯えさせた。そのため多くの精霊使いから精霊が逃げていく事態となった。

捕らえられたマクレド国王は、〝精霊なし〟が続出したことと、城の壊滅状況を知り、意気消沈してすっかり威厳を失った。その状態のまま、捨てられるように国外追放に処された。

風の精霊に逃げられ〝精霊なし〟になったユリアンヌは、戦敗国の王女として僻地《へきち》の塔に幽閉されることとなる。

アベルは一命を取り留めたものの、怪我の後遺症から、剣が握れない体になってしまった。ガイラーン王国の王太子の婚約者をさらった罪で、その身を奴隷に落とされる処分が決まる。

そして国王と後継者を失い、城も半壊になったマクレド王国は、事実上の滅亡となった。今はガイラーン王国の新たなる領土として、再建をはかっているらしい。

◇

ガイラーン王国とマクレド王国の戦いからおよそ半年後。

より強大な国家となったガイラーンでは、王都にある大聖堂にて、王太子の結婚式が執り行われていた。国中の貴族が集った参列席は、この上ないほど晴れやかな空気に包まれている。

大聖堂の前の沿道には、挙式後に行われるパレード目的の平民たちがひしめき合っていた。誰しもが、話題の新郎新婦の晴れ姿をひと目見ようと意気込んでいる。

控室にある姿見の前で、ティアはウェディングドレス姿の自分と向き合っていた。

見事なドレープが広がるオフホワイトのドレスは、シンプルながらも洗練されたデザインの、ひと目で高級品と分かるものだった。

ガイラーン国王が予算に糸目をつけずに用意してくれたものらしく、ティアは申し訳ないながらもうれしく思っている。ベールをかぶった頭にも、白い花が飾られていた。

「ティア、きれいだな」

白い蝶ネクタイでオシャレをしたコロが、感心したように言った。

「まあ、コロがそんなことを言うなんて。無駄にイケボだからドキッとしたじゃない」

「無駄と言うな、無駄と」

ティアとコロがそうやって笑い合っていると、ドアをノックする音がした。

入ってきたのは、金の徽章《きしょう》が輝く白のジャケット姿のドラークである。彼の金の髪と瞳に合っていて、惚れ惚れするほどかっこいい。

いつも下ろされている前髪は、公式の場に出るときはそうしているように、額が見えるように分けられている。

「ティア。そろそ――」

言いかけて、ドラークが言葉を止めた。姿見の前に立つティアを見て固まっている……と思いきや突然ガバッと抱きしめられ、ティアはたじろいだ。

「ド、ドラーク？　急にどうしたの？」

「君がきれいすぎるのが悪い」

熱い吐息とともに耳元で囁かれ、ティアはみるみる真っ赤になった。

「こんなにも美しい君を、誰にも見せたくない。そういうわけにはいかないのは、分かっているが」

切羽詰まったような声から、彼が本気でそう思っているのが伝わってくる。

ドラークのティアに対する溺愛ぶりは、日が経つにつれて落ち着くどころか、ますます加速していた。このままだと結婚後はいったいどうなってしまうのか、少々心配なほどである。

「あ、ありがとう。ドラークもすごくかっこいいわ」

ティアは愛する人の腕の中で、動揺しつつも返事をした。大きくて温かくて、溶けてしまいそうなほどに幸せだ。

「オレはどうだ？」

コロが、モフモフの胸を張ってドラークに蝶ネクタイを見せびらかす。

「ああ、すごくかわいいぞ」

ドラークは微笑むと、コロを抱き上げ、その体に頬擦りした。

「準備はできましたか？　――まあ、ティア様！　なんて素敵なんでしょう！」

明るい声とともに、クロエが入ってきた。薄緑のドレスを着た彼女の隣には、グレーのジャケット姿のヴィクトルがいる。相変わらず渋い髭面で、大人の男の魅力たっぷりだ。

「こんなに美しい新婦を見るのは初めてですわ」

クロエが目を輝かせ、うっとりとティアを眺める。

「ありがとうございます。クロエ様のウェディング姿も、きっとお美しいことでしょうね」

意味深にそんなこと言ってみると、クロエとヴィクトルが同時に顔を赤くした。

（このふたり、ひょっとして何か進展があったのかしら？）

ティアが淡い期待を抱いていると。

「そ、そういえば、ティア様に伝えたいことがあったのです！」

クロエが気恥ずかしさをごまかすように声を張り上げる。

「オクタヴィアン殿下は無敵に見えて、子供の頃に猫に顔を引っかかれて以来、実は猫が大の苦手なのです。猫が怖くて丸一日木から下りられなかったことも――」

「――クロエ。それ以上はよしてくれ」

ドラークが、気まずい顔でクロエの言葉を遮る。

ティアにしてみれば恥ずかしいどころかかわいいとしか思えないのだが、彼は耐えられないらしい。

（ふふ、ドラークは大の犬好きだけど、猫は苦手なのね）

彼のかわいさは、心の中でこっそり噛みしめるにとどめておく。

コホン、とドラークが咳払いをし、ティアに手を差し出した。

「そろそろ行こうか」

「ええ」

ティアは自分をひたむきに見つめるドラークに微笑みかけると、その手を握りしめる。

「おめでとうございます、おふたりとも」

「どうか、末永くお幸せに」

クロエとヴィクトルが、ふたりに祝福の言葉をかけてくる。

控え室を出てまっすぐに歩めば、大勢の人々が待ち受ける大聖堂に行き着く。

ティアはこの世の何よりも愛する彼に手を引かれながら、幸せいっぱいの気持ちで、窓から差し込む光で白く輝いている廊下へと踏み出した。


結婚式は大盛況のまま終わった。

貴族からも国民からも祝福され、近年で一番話題となった祭事とまで噂された。

その日の夜。

ティアは侍女たちによって、薔薇の香りのする湯で、丹念に体を洗われていた。

一日中結婚式にかかりきりだったため疲労がたまっているはずなのに、それを感じる余裕もないほど緊張でガチガチの状態だ。

（私これからドラークと……そういうことをするのよね）

王妃教育を受けているティアに、初夜の知識はもちろんある。世継ぎをつくるのは王太子妃としての大事な務めでもあった。

ドラークが相手なら怖くない。だがなにぶん初めてのことなので、緊張しないわけにはいかなかった。

入浴後には、シルク素材の白いナイトドレスを着せられる。薄手のため全体的に透けており、ティアは恥ずかしさからいたたまれなくなる。

（これじゃあ、裸みたいなものじゃない）

ティアを寝室に残し、侍女たちが部屋から出ていって、しばらく経った頃のことだった。扉をノックする音がして、ベッドに座っていたティアは顔を上げる。

「どうぞ」

入ってきたのは、紺色の寝衣を身にまとったドラークだった。胸元の合わせ目から逞しい胸板が覗《のぞ》いており、ティアはとっさに視線を逸らす。

ドラークの方でも、ナイトドレス姿のティアを見て硬直していた。

（あまりにも素材が薄いから、引いているのかもしれないわ）

ティアはそんな不安を抱き、両腕で隠すように我が身を抱きしめた。

ちなみに今宵、コロは『オレだって新婚に気遣いくらいはできる』と別の部屋で寝ている。

しばらくふたりの間に妙な緊張感が漂っていたが、やがてドラークが意を決したように声をかけてきた。

「隣に座っていいか？」

「え、ええ」

ドラークが、ティアの隣に腰かける。彼の体温を近くに感じて、ティアはますます身を強張らせた。

「緊張しているのか？」

「こんな格好でみっともなくて……」

薄いナイトドレスを隠すように体に回した手に、力を込める。

「みっともない？」

ドラークが怪訝そうに言った。そしてティアと向き合い、体を隠すように覆った彼女の腕に、そっと触れる。

「隠さず見せてみろ」

「恥ずかしいわ」

「大丈夫だ、ティア」

甘く言い聞かせるように言われると、脳が溶けたようになって、心に隙ができていく。ドラークのまっすぐな瞳に導かれるようにして、ティアは恐る恐る体から腕を解いた。

体の線を浮き彫りにした薄いナイトドレスに、ドラークの視線が注がれる。

彼が、ため息をつくようにつぶやいた。

「美しいよ、すごく……」

ティアは信じられない気持ちでドラークを見た。熱をはらんだまなざしで、じっとりとティアの体を見ている彼は、嘘を言っているように見えない。

「美しいのは、あなたの方だわ」

ティアは頬を赤らめながら、目と鼻の先にあるドラークの胸板をチラリと見た。

恥ずかしくて直視できない。

「俺が美しい？　俺の体に触れたいか？」

からかうように言われ、ティアは閉口してしまう。魔石ランプの薄明りの中にいるせいか、間近でいたずらっぽく微笑むドラークは、いつもの何倍も濃い色気をまとっているように感じた。

「……！ からかわないで」

「触れてほしい、ティア。心の底から」

冗談に応えるように目を伏せたら、突如手を取られた。そのまま彼の頬へと手を導かれる。

ドラークがティアの温もりを堪能するように目を閉じ、手のひらに頬を寄せた。

「愛してる、ティア」

金色の瞳が、乞うようにティアに向けられた。

「緊張しているのは分かっている。本当は待ってやりたいところだが、もう待てない。気が遠くなるほど長い間、このときを待っていたんだ。君が欲しくて仕方がない。――いいか？」

手のひらから伝わる彼の頬の熱さが、ティアの胸を焦がす。

ドラークの視線、吐息、少しかすれた声……彼を形づくるすべてが愛しくて……。

気づけばティアは、緊張を忘れて素直にうなずいていた。

「ええ。私もあなたが欲しい」

思いの丈を言葉に込めて、目の前にいる彼に、そっと微笑みかける。

〝恥さらし王女〟だったかつての自分を救い出し、幸せをくれた彼に、すべてを委ねる覚悟はとっくにできている。

この先はずっと、彼とともに生きていきたい。

苦しいときもつらいときも、彼がいるなら必ず乗り越えられると、もう分かっている。

「ありがとう、ティア。俺の女神」

かつて〝悪魔騎士〟と呼ばれた彼が、愛しげに目を細めた。

そのまま惹かれ合うように、互いに指と指を絡め合い、どちらからともなく甘い夜の時間へと沈んでいった。

END

番外編

元恥さらし王女の幸せな日々

救護院にて、ティアのいる部屋には、今日も治癒を求める人々の行列ができていた。

ちなみに結婚式後の馬車でのパレードをきっかけに、ティアの正体が明るみに出て、もう身分を偽ることはやめている。

「王太子妃様、本当にありがとうございます！」

「高貴な身分でありながら、我々のために力を使ってくださるなんて、なんて心優しいお方なんだ！」

体の不調を訴えていた人が、次々と笑顔になって帰っていく。

ようやく最後のひとりの治癒を終えたところで、ティアはふうっと息をついた。

「終わったようね」

「モウン！」

膝の上にいたコロが、ティアをねぎらうように、頬をぺろりと舐めてくる。

大好きなモフモフの相棒を、ティアはぎゅうっと抱きしめた。

「コロもお疲れさま。いつもありがとう」

「ティア様、お疲れさまです。相変わらずものすごい人気ですわね」

脇に控えていたクロエがにこやかに話しかけてきた。

「クロエ様、いつもありがとうございます」

「オクタヴィアン殿下から、直々にティア様の護衛の任務を受けたのです。誠心誠意お守りしますわ」

クロエとはこの頃すっかり打ち解け合い、仲よくなった。

公爵令嬢でありながらぬるま湯につかることなく、剣の腕ひとつで副騎士団長の座にまで上りつめたクロエは、ティアの憧れだった。

しかも、恋に一途の誠実な女性でもある。

「そういえばクロエ様、殿下から話を聞きました。このたびはおめでとうございます」

まだ公になってはいないが、クロエの初恋がこのたび見事に成就し、ヴィクトルとの婚約話が両家の間で進められているという。

いつも落ち着いているクロエが、目に見えて狼狽した。

「はい、まだ詳しいことは何も決まっていないのですが、一応そういうことになりまして……」

「私に何かお手伝いできることがあれば、いつでもおっしゃってくださいね」

「ありがとうございます、ティア様」

初めてできた同性の友人の幸せな未来を、ティアは心から願った。

ティアがドラークと結婚し、ガイラーンの王太子妃となってから、一ヶ月が過ぎた。

魔法大国の王太子妃という身に余る肩書にはじめは戸惑っていたティアだが、この頃はようやく自分の立場を受け入れられるようになった。

『ティアはティアのままで、無理に頑張らなくていい。君はもともと、この世の何よりも魅力的な人なのだから』

そんなふうに、ドラークに繰り返し励まされたからだ。

ドラークのまっすぐな目は嘘を言っているようには見えず、ティアを安心させるには十分だった。

(異国の出身だし、ろくな育ち方をしていないけど、私なりのやり方で王太子妃の務めを果たしたいわ)

ティアに居場所をくれたガイラーン王国には、感謝してもしきれない。

一生をかけてガイラーン国民に尽くしたいと、ティアは心から思っていた。そして日々、国のために奔走している。

救護院からガイラーン城に戻った頃には、すっかり夕方になっていた。

馬車寄せ場に着くと、ティアの帰りを待っていたかのように、ドラークが立っていた。

「ティア、おかえり」

ドラークが待ちわびた目をして、馬車から降りるティアをエスコートする。

マクレド王国だった領地の管理を任されているドラークは、朝から夜まで忙しくしている。そのためこんなところで待ち構えてるとは思いもせず、ティアは目を瞬いた。

「ドラーク？　こんなところにいて大丈夫なの？」

「ようやく時間ができたんだ」

ドラークがティアの腰を抱き、うれしそうに話しかける。

仲睦まじい王太子夫妻の様子を、クロエをはじめとした護衛の騎士たちが目尻を下げて見守っていた。

「今日も一日救護院にいたのか？　さすがに働きづめじゃないか？　たまには休んだ方がいい」

「休まなくても平気よ。必要とされているのがうれしいの」

それは、ティアの本心だった。

〝恥さらし王女〟として蔑まれ、誰にも必要とされなかった頃のことを思うと、幸せで仕方がない。

穏やかに微笑むティアを、ドラークはいつものように優しい目で見つめていた。

やがてティアの腰を抱いたまま、城とは反対方向に歩き始める。

「お城はあっちよ。どこに行くの？」

「たまには俺にも君の時間をくれ」

耳に唇を寄せて甘く囁かれ、ティアはカアッと顔を赤くする。

(不意打ちだったわ)

急にスイッチが入ったかのように色っぽい空気をかもし出すドラークにティアがドギマギしていると、懐の中で「ゲフン」というコロの咳払いの音がした。

「オレは寝てるからな。好きにしろ」

偉大なる太陽の精霊は、なかなかに気遣い上手なのだ。

ドラークに連れられてたどり着いたのは、ティアが今まで一度も行ったことがない、敷地の最奥にある丘だった。

「わあ、きれい……！」

視線の先に広がる風景を目にするなり、ティアは思わず声を上げる。

城は高台にあるため、この丘からは王都の壮大な景色が一望できた。立ち並ぶ白い外壁の家々は夕日を受けて淡い橙色に輝き、自然と心に温もりをくれる。

頬を撫でる風は清らかで、心までをも爽快にしてくれた。

（そういえば以前、ダニエル様が、敷地の奥に素敵な場所があるっておっしゃっていたわね。きっとここのことね）

「きれいだろう。子供の頃からの、俺のお気に入りの場所なんだ。疲れたときやつらいことがあったときは、いつもこの場所に来て、気持ちを切り替えていた」

ドラークが、ティアの腰を抱く手に力を込める。

「魔力を失い国を離れた前日も、この場所に来たんだ」

茜色《あかねいろ》の景色を映す金色の目に、わずかな寂寥《せきりょう》が入り混じる。

彼がどれほどつらい思いをしたかが伝わってきて、ティアの胸がぎゅっと締めつけられた。

「もう二度とここに来ることはないだろうと思ったが……またこうしてこの景色を見ている。それも、愛する人とともに。本当に奇跡のようだ」

ドラークの視線がティアに注がれる。

ティアはうなずくと、彼の手のひらを固く握りしめた。

「これからは、ずっと私がそばにいます」

ティアはドラークからたくさんのものをもらった。居場所と存在意義、幸福と愛。

支えられるだけじゃなく、身も心も彼を支える存在でいたい。

ティアの意志をくみ取ったかのように、ドラークが微笑む。

茜色の光に照らされたその顔は、胸が軋《きし》むほどに美しかった。

「ありがとう、ティア。――愛してる」

切羽詰まったようなかすれ声で愛の言葉を囁くと、ドラークが身をかがめた。

何をされるかを悟ったティアは、そっと瞼《まぶた》を下ろす。

すぐに唇に落ちてきた、柔らかな感触。

熱くて、しっとりしていて、甘くて……これほど身を焦がす何かを、ティアはほかに知らない。そっと触れるだけの口づけでも、ためらうような動きから、彼がどれほど自分を愛してくれているかがティアには伝わってくる。

「ん……っ」

湿った感触が舌先に触れ、ティアは身をよじる。逃がすまいというように背中を強く抱かれ、身動きが取れない状態のまま、キスはますます深くなっていった。

「んんっ、ん……っ」

互いを乞うように舌を絡め合い、身を寄せる。自分とは違う彼の体温を感じれば感じるほど、ティアの下腹部は熱くなり、甘いため息が漏れた。

(こんな体じゃなかったのに)

初夜を迎えて以降、どんなに忙しくとも毎夜のように彼に抱かれているティアの体は、すでに十分すぎるほどその先を知っていた。

(与えられれば与えられるほど、物足りなさが込み上げるのはどうして?)

「ドラーク……」

ようやくキスの嵐が終わり、涙目でドラークを見上げると、彼の喉元がゴクリと音を鳴らして動いた。

熱に浮かされた金色の瞳の先にいるのが自分であることが、ティアは泣きたくなるほどうれしかった。

「ティア、早く部屋に戻ろうか。俺ももう限界だ」

ドラークがティアをきつく抱きしめ、彼女の頭に頬を寄せながら苦しげにつぶやく。

いつどこにいても強くて美しい彼が、自分だけに見せてくれるうろたえたような仕草が、たまらなく好きだ。

ティアは恥ずかしく思いながらも、こくりと深くうなずいたのだった。

END

あとがき

強面なのに、犬好きな人が好きです。

ギャップがたまらないですよね。

本作は、そんな個人的な好みから思いついたお話です。

まずは皆に恐れられている強面の騎士がモフモフ犬の前でだけデレるシーンが思い浮かび、そこからストーリーを膨らませていきました。

闇落ちしているヒーローも好きです。

闇の中で、光を求めてもがいている姿にゾクゾクします。

ドラークのティアに対する愛情は、輝かしい人生を歩み続けていたら、これほど深くはなかったでしょう。人を愛する気持ちは、闇の中で生きていると、よりいっそう大きくなるのだと思います。

落ち込んでいるときだからこそ知れることや経験できること、そして出会いがあるのだと、日々いろいろな壁にぶち当たっている私自身もしみじみ感じています。

皆様の心にも響いていましたら幸いです。

最後に、謝辞を。

装画を担当してくださった武村ゆみこ先生。

かわいいティアと色気たっぷりのドラーク、思わず抱きしめたくなるようなモフモフのコロを描いてくださり、本当にありがとうございました。何度も眺めてはうっとりしています。

担当編集様はじめとした編集部の皆様。

拙作のためにご尽力くださり、心からお礼申し上げます。お世話になりっ放しで、出版社の方角には足を向けて寝れません。

そして、数多くある本の中からこの本を選び読んでくださった読者様。

本当に本当に、ありがとうございました。

今後もたくさんの物語を作り続けていきたいと思っていますので、またどこかでお会いできたらうれしいです。

朧月《おぼろづき》あき

朧月あき先生への
ファンレターのあて先

〒104-0031
東京都中央区京橋1-3-1
八重洲口大栄ビル7F
スターツ出版株式会社　書籍編集部　気付

朧月あき先生

本書へのご意見をお聞かせください

お買い上げいただき、ありがとうございます。
今後の編集の参考にさせていただきますので、
アンケートにお答えいただければ幸いです。

下記URLまたは二次元コードから
アンケートページへお入りください。
https://www.ozmall.co.jp/enquete/IndexTalkappi.aspx?id=2301

追放された恥さらし王女が闇落ち中の悪魔騎士（実は最強王太子）をうっかり救ったら

〜奇跡の加護持ちだったうえ、妃として溺愛されてます〜

2025年2月10日　初版第1刷発行

著　者　朧月あき
©Aki Oboroduki 2025

発行人　菊地修一

デザイン　カバー　アフターグロウ
フォーマット　hive & co.,ltd.

校　正　株式会社文字工房燦光

発行所　スターツ出版株式会社
〒104-0031
東京都中央区京橋1-3-1　八重洲口大栄ビル7F
TEL　03-6202-0386（出版マーケティンググループ）
TEL　050-5538-5679（書店様向けご注文専用ダイヤル）
URL　https://starts-pub.jp/

印刷所　大日本印刷株式会社

Printed in Japan

乱丁・落丁などの不良品はお取替えいたします。
上記出版マーケティンググループまでお問い合わせください。
定価はカバーに記載されています。

ISBN 978-4-8137-1703-4　C0193

ベリーズ文庫 2025年2月発売

『一匹狼なパイロットの溺愛に生真面目CAは気づかない～偽装結婚で天才機長は加速する恋情を放つ～』若菜《わかな》モモ・著

大手航空会社に勤める生真面目ＣＡ・七海にとって天才パイロット・透真は印象最悪の存在。しかしなぜか彼は甘く強引に距離を縮めてくる！　ひょんなことから一日だけ恋人役を演じるはずが、なぜか偽装結婚する羽目に!?　どんなに熱い溺愛で透真に迫られても、ド真面目な七海は偽装のためだと疑わず…!?

ISBN 978-4-8137-1697-6／定価825円（本体750円＋税10%）

『ハイスペ年下救命医は強がりママを一途に追いかけ手放さない』砂川雨路《すながわあめみち》・著

OLの月子は、大学の後輩で救命医の和馬と再会する。過去に惹かれ合っていた2人は急接近！　しかし、和馬の父が交際を反対し、彼の仕事にも影響が出るとを知った月子は別れを告げる。その後妊娠が発覚し、ひとりで産み育てていたところに和馬が現れて…。娘ごと包み愛される極上シークレットベビー！

ISBN 978-4-8137-1698-3／定価814円（本体740円＋税10%）

『冷酷社長な旦那様が「君のためなら死ねる」と言い出しました～ヤンデレ御曹司の激重愛～』葉月《はづき》りゅう・著

調理師の秋華は平凡女子だけど、実は大企業の御曹司の桐人が旦那様。彼にたっぷり愛される幸せな結婚生活を送っていたけれど、ある日彼が内に秘めていた"秘密"を知ってしまい――！　「死ぬまで君を愛することが俺にとっての幸せ」溺愛が急加速する桐人は、ヤンデレ気質あり!?　甘い執着愛に囲われて…！

ISBN 978-4-8137-1699-0／定価825円（本体750円＋税10%）

『鉄仮面の自衛官ドクターは男嫌いの契約妻にだけ激甘になる【自衛官シリーズ】』晴日青《はるひあお》・著

元看護師の律。4年前男性に襲われかけ男性が苦手になり辞職。だが、その時助けてくれた冷徹医師・悠生と偶然再会する。彼には安心できる律に、悠生が苦手克服の手伝いを申し出る。代わりに、望まない見合いを避けたい悠生と結婚することに!?　愛なきはずが、悠生は律を甘く包みこむ。予期せぬ溺愛に律も堪らず…！

ISBN 978-4-8137-1700-3／定価814円（本体740円＋税10%）

『冷血硬派な公安警察の庇護欲が激愛に変わるとき～燃え上がる熱情に抗えない～』藍里《あいさと》まめ・著

何事も猪突猛進！な頑張り屋の葵は、学生の頃に父の仕事の関係で知り合った十歳年上の警視正・大和を慕い恋していた。ある日、某事件の捜査のため大和が葵の家で暮らすことに!?　"妹"としてしか見られていないはずが、クールな大和の瞳に熱が灯って…！　「一人の男として愛してる」予想外の溺愛に息もつけず…！

ISBN 978-4-8137-1701-0／定価836円（本体760円＋税10%）

ベリーズ文庫 2025年2月発売

『極上スパダリと溺愛婚〜女嫌いCEO・敏腕外科医・カリスマ社長編〜【ベリーズ文庫溺愛アンソロジー】』

人気作家がお届けする〈極甘な結婚〉をテーマにした溺愛アンソロジー第2弾！　「滝井みらん×初恋の御曹司との政略結婚」、「きたみ まゆ×婚約破棄から始まる敏腕社長の一途愛」、「木登×エリートドクターとの契約婚」の3作を収録。スパダリに身も心も蕩けるほどに愛される、極上の溺愛ストーリー！

ISBN 978-4-8137-1702-7／定価814円（本体740円＋税10%）

『追放された恥さらし王女が闇落ち中の悪魔騎士（実は最強王太子）をうっかり救ったら〜奇跡の加護持ちだったうえ、妃として溺愛されてます〜』朧月《おぼろづき》あき・著

精霊なしで生まれたティアのあだ名は“恥さらし王女”。ある日妹に嵌められ罪人として国を追われることに！　助けてくれたのは“悪魔騎士”と呼ばれ恐れられるドラーク。黒魔術にかけられた彼をうっかり救ったティアを待っていたのは——実は魔法大国の王太子だった彼の婚約者として溺愛される毎日で!?

ISBN 978-4-8137-1703-4／定価814円（本体740円＋税10%）

ベリーズ文庫with 2025年2月発売

『おひとり様が、おとなり様に恋をして。』佐倉伊織《さくらいおり》・著

おひとりさま暮らしを満喫する28歳の万里子。ふらりと出かけたコンビニの帰りに鍵を落とし困っていたところを隣人の沖に助けられる。話をするうち、彼は祖母を救ってくれた恩人であることが判明。偶然の再会に驚くふたり。その日を境に、長年恋から遠ざかっていた万里子の日常は淡く色づき始めて…!?

ISBN 978-4-8137-1704-1／定価825円（本体750円＋税10%）

『恋より仕事と決めたけど』宝月《ほうづき》なごみ・著

会社員の志都は、恋は諦め自分の人生を謳歌しようと仕事に邁進する毎日。しかし志都が最も苦手な人たらしの爽やかイケメン・昴矢とご近所に。その上、職場でも急接近!?　強がりな志都だけど、甘やかし上手な昴矢にタジタジ。恋まであと一歩!?と思いきや、不意打ちのキス直後、なぜか「ごめん」と言われてしまい…。

ISBN 978-4-8137-1705-8／定価814円（本体740円＋税10%）

ベリーズ文庫 2025年3月発売予定

Now Printing

『たとえすべてを忘れても』滝井《たきい》みらん・著

令嬢である葵は同窓会で4年ぶりに大企業の御曹司・京介と再会。ライバルのような関係で素直になれずにいたけれど、実は長年片思いしていた。やはり自分ではダメだと諦め、葵は家業のため見合いに臨む。すると、「彼女は俺のだ」と京介が現れ!?　強引にニセの婚約者にさせられると、溺愛の日々が始まり!?

ISBN 978-4-8137-1711-9／予価814円（本体740円+税10%）

Now Printing

『タイトル未定(航空自衛官×シークレットベビー)【自衛官シリーズ】』惣領《そうりょう》莉沙《りさ》・著

美月はある日、学生時代の元カレで航空自衛官の碧人と再会し一夜を共にする。その後美月は海外で働く予定が、直前で彼との子の妊娠が発覚!　彼に迷惑をかけまいと地方でひとり産み育てていた。しかし、美月の職場に碧人が訪れ、息子の存在まで知られてしまう。碧人は溺愛でふたりを包み込んでいき…!

ISBN978-4-8137-1712-6／予価814円（本体740円+税10%）

Now Printing

『両片思いの夫婦は、今日も今日とてお互いが愛おしすぎる』高田《たかだ》ちさき・著

お人好しなカフェ店員の美与は、旅先で敏腕脳外科医・築に出会う。不愛想だけど頼りになる彼に惹かれていたが、ある日愛なき契約結婚を打診され…。失恋はショックだけどそばにいられるなら――と妻になった美与。片想いの新婚生活が始まるはずが、実は築は求婚した時から滾る溺愛を内に秘めていて…!?

ISBN 978-4-8137-1713-3／予価814円（本体740円+税10%）

Now Printing

『タイトル未定(外交官×三つ子ベビー)』吉澤《よしざわ》紗矢《さや》・著

イギリスで園芸を学ぶ麻衣子は、友人のパーティーで外交官・裕斗と出会う。大人な彼と甘く熱い交際に発展。幸せ絶頂にいたが、ある政治家とのトラブルに巻き込まれ、やむなく裕斗の前から去ることに…。数年後、三つ子を育てていたら裕斗の姿が!　「必ず取り戻すと決めていた」一途な情熱愛に捕まって…!

ISBN 978-4-8137-1714-0／予価814円（本体740円+税10%）

Now Printing

『冷徹な御曹司に助けてもらう代わりに契約結婚』美甘《みあま》うさぎ・著

父の借金返済のため1日中働き詰めな美鈴。ある日、取り立て屋に絡まれたところを助けてくれたのは峯島財閥の御曹司・斗真だった。美鈴の事情を知った彼は突然、借金の肩代わりと引き換えに"3つの条件アリ"な結婚提案してきて!?　ただの契約関係のはずが、斗真の視線は次第に甘い熱を帯びていき…!

ISBN 978-4-8137-1715-7／予価814円（本体740円+税10%）

タイトル、価格等は変更になることがございますのでご了承ください。